LA NOCHE ETERNA

Diego Gálvez

La noche eterna

Primera edición: 2024

ISBN: 9788410334380
ISBN eBook: 9788410334823

© del texto:
  Diego Gálvez

© foto del interior:
  Félix Méndez

© del diseño de esta edición:
  Caligrama, 2024
  www.caligramaeditorial.com
  info@caligramaeditorial.com

Impreso en España – Printed in Spain

A mi hijo Diego

—¿Podrás dejar atrás la sombra alargada de este pequeño gigante? —se dijo insomne junto a la ventana mirando a la luna llena.

—Seguramente —se oyó mascullar más tarde en mitad del sueño—. Pero no sin antes mostrar al día de algún modo su oscuro corazón solitario: *his lonely heart of darkness…*

PRELUDIO

El hombre está solo en la noche, y camina despacio por el borde de la carretera.

Un camión lo ha dejado en el cruce, y ahora nota el aire fresco en pleno rostro.

Se ha sentido bien allí, en la seguridad confortable de la cabina, el conductor concentrado en lo suyo y la radio puesta a medio volumen.

El hombre camina y camina por la carretera desierta, y ahora recuerda los vigorosos antebrazos del camionero, la voz apasionada, futbolera, del comentarista, su sencilla felicidad mientras estaba sentado allá arriba, junto a la austera litera y aquel despampanante póster de mujer desplegado a todo color por encima de su cabeza.

Al apearse del vehículo y torcer ligeramente el torso para dar las gracias, pudo oír por última vez al locutor celebrar la victoria, y el hombre puso pie en el suelo y se alegró de corazón por todo.

Ahora el hombre avanza a oscuras por la estrecha franja de gravilla que se hunde en el barranco, y piensa en aquel pequeño islote motorizado ronroneando pesadamente por la larga cuesta y perdiéndose para siempre en la lejanía del asfalto.

El hombre endereza el cuello de la chaqueta y prosigue su camino.

El cielo se cierne inmenso por encima de su cabeza, y de vez en cuando el fogonazo del rayo deslumbra al caminante solitario, que ahora tiene ante sí una larga y empinada curva que vencer.

El nervio de la radio y el póster descarnado se funden en su mente, y el hombre piensa en el sexo y en el fútbol.

No son cosas fáciles sobre las que pensar, piensa el hombre.

El sexo mueve el mundo.

El mundo es redondo como una pelota.

Eso es lo que piensa el caminante, mientras avanza a paso lento en la noche por la esquiva carretera.

A la vuelta de la curva divisa un pequeño automóvil aparcado en el arcén y junto a él las figuras más oscuras de dos hombres, uno apoyado en el capó y otro de pie a su lado.

Al aproximarse, el hombre se percata de que son sacerdotes.

El más joven de ellos lleva esa tira blanca de plástico en la garganta, y parecen ambos muy preocupados, allí a la intemperie, haciendo señas con la cabeza en dirección a las alturas, y apuntando con la mano hacia aquel pequeño olivar que se estira y huye ladera arriba en mitad de la noche.

La imagen de los curas en aquel paraje le golpea vivamente el ánimo y al pronto el hombre no sabe qué pensar.

Es una escena muy rara.

Dos curas en viaje nocturno porfiando en medio de la carretera.

Fijos los ojos en el cielo nublado e imponente.

Los cuellos torcidos en dirección a los olivos.

El hombre se acuerda entonces de aquellas ramitas de olivo de su niñez, de cuando el fervor de la Semana Santa inundaba las calles del pueblo, de las plegarias colectivas y las procesiones religiosas.

Luego piensa:

El sexo mueve el mundo.

El mundo es redondo como una pelota.

Pero allá en el cielo hay más mundos, muchos mundos. Las procesiones son aburridas como un mal partido, largas y aburridas como un cielo sin sexo y sin fútbol.

En eso piensa el hombre.

Entonces se detiene y toma el desvío de un caminito y lo anda despacio hasta desembocar a unos cincuenta metros por delante de donde se encuentran los curas.

Al volver la cabeza, el viento racheado le trae algunas palabras sueltas.

Son voces gruesas, moduladas desde un temblor solemne. El cura de más edad y figura regordeta parece enfadado.

El hombre caza al vuelo: «medusa», «extraterrestre», y luego una palabra extraña, que suena a latín, algo así como «aurelia», seguida de la palabra «inmortal».

Eso es lo que oye (o cree oír), envuelto el distante silabeo de los dos viajeros en el rumor hueco de la hojarasca.

La dirección del viento oscila a cada instante, y resulta muy enigmático ver plantados allí a aquellos dos curas en estado de excepción; los rostros tensos de disputa y arrebato.

El hombre se encoge de hombros, lanza un salivazo contra el suelo y reanuda la marcha.

Paso a paso, el hombre sigue avanzando y de vez en cuando levanta la vista.

Ahora el cielo movedizo deja ver un rincón de firmamento estrellado.

El hombre siente una doble punzada de hambre y de frío, y por primera vez acusa la fatiga del camino.

A lo lejos todo es obscuridad.

Tal vez debería dirigir sus pasos hacia esos curas que discuten a voces sobre el cielo, piensa el hombre.

Pero enseguida se rehace.

No hay que flaquear en el último tramo.

Además, ellos se desplazan en dirección contraria.

El hombre se detiene un momento para descansar.

Sentado sobre una peña al borde de la cuneta, el hombre revive de nuevo la sencilla seguridad del camión: la mirada franca del conductor, el póster mágico, la voz eléctrica de la radio.

Un higueral en pendiente llama su atención del otro lado del terraplén.

Es entonces cuando el hombre tuerce el cuello y lo divisa.

A unos cien metros, en dirección a poniente, el blancuzco paredón del cementerio se recorta contra el horizonte vivo de la tormenta y se despereza ladera abajo hasta la orilla del barranco.

El hombre aguza la vista.

En derredor la noche agoniza, y el hombre da un profundo suspiro de alivio.

Al fondo del recinto, en una esquina desangelada, el borrón de las cruces vencidas apenas se distingue bajo el cimbreo grave de los cipreses.

El hombre extrae la petaca plateada del bolsillo y da un trago largo. Solo entonces se separa del entrañable granito, alisa las puntas del cuello de su camisa y, con paso firme, inicia el ascenso hacia el rectángulo amurallado del camposanto.

Un minuto después, el hombre coge carrerilla, corona de un salto el muro encalado y se cuela dentro.

Como remate de una larga noche de fiesta, mi novia de entonces y yo acompañamos en una ocasión a Miguel al cementerio, pero solo él traspasó sus muros.

Mi amigo estuvo dentro y nosotros dos fuera. En su caso, no se trataba de la primera vez que lo hacía ni tampoco iba a ser la última. Ese era el dato objetivo cuyo trasfondo y circunstancias yo traté de bosquejar en un papel con relativo éxito. Pero ¡¿qué diablos podía empujar a Miguel a actuar de aquel modo, a desplazarse a un sitio como ese a horas tan intempestivas y por lo general sin compañía de nadie?! Eso es lo que yo me preguntaba una y otra vez sin encontrar respuesta.

En mitad de la noche Miguel va caminando tras apearse de un camión o de un automóvil y en cierto momento se encuentra a las puertas de un camposanto. Todo indica que ha llegado a su destino y entonces, sin prisas, deambula por los alrededores, enciende un pitillo de tabaco negro y pega un trago de una vieja petaca. Otras veces, en cambio, algo explosiona en su interior. Miguel toma impulso, se abraza gateando a uno de sus muros y salta dentro. Fin de la historia.

En mi narración él se adentraba por aquel espacio en sombras, sí, pero la trama no avanzaba más, y no sabiendo qué hacer al respecto, yo lo dejaba allí solo en mitad del camposanto, temeroso de seguir sus pasos y de penetrar en su mundo, incapaz de entender y describir a Miguel allí dentro, y, lo que era peor, incapaz de devolverlo de nuevo al mundo exterior, a la vida de fuera.

En otras palabras, durante mucho tiempo, y no sin cierta mala conciencia, mantuve a mi amigo Miguel confinado de noche en el interior oscuro de un pequeño cementerio.

El hecho devino en una especie de obsesión. Algunas noches, Miguel visitaba el cementerio, algunas noches Miguel se colaba en mis sueños.

Luego, andando el tiempo, casi sin darme cuenta, fui recordando detalles sueltos de la vida de Miguel, retazos perdidos de conversaciones de madrugada, pequeñas confesiones secretas susurradas entre cigarro y cigarro, fechas y circunstancias clave de su biografía surgidas durante el transcurso de antiguas borracheras comunes.

Y fue de ese modo discontinuo y mal planificado, tras largos años de pruebas y olvidos, cómo un buen día todo empezó a encajar de repente, y yo me encontré en condiciones de entender al fin aquella fuerza extraña que arrastraba a Miguel a franquear en plena noche los altos muros del cementerio; de desentrañar de algún modo lo que bullía secretamente en su pecho mientras permanecía enclaustrado en su convulso mundo interior con la sola compañía de los muertos.

GENIO Y FIGURA
(VERANO DE 2010)

Carlota me llamó por teléfono a media mañana para comentar algo sobre los estudios de Diego, y yo me vi en la obligación de darle la noticia del repentino fallecimiento de Miguel.

—Un infarto agudo de miocardio —le dije, con la voz velada sinceramente por la emoción. Y añadí—: Lo menos malo es que el ataque le sobrevino mientras dormía.

Ella reaccionó al teléfono como si estuviera despertando de un largo sueño. Emitió un sonido sibilante, y dijo:

—Bueno, en fin… algo es algo.

A pesar de que llevábamos ya casi dos décadas legalmente separados, manteníamos una relación fluida y cordial como a veces ocurre cuando se comparte familia. A Miguel hacía mucho tiempo que yo no lo veía, y a ella le sucedía otro tanto. Ya se sabe, cosas de la vida. Aunque yo lo daba por hecho, enseguida me comentó casi de pasada que no iba a asistir al funeral que se celebraría ese mismo día; la relación entre ellos nunca había sido genuina sino derivada de la que ambos habían mantenido conmigo en su momento; por lo demás, su agenda profesional no daba tregua y resultaba evidente que en esa ocasión tenía prisa por colgar el teléfono: en unos minutos se vería obligada a presidir un acto solemne de la Guardia Civil, y su presencia en aquella efeméride resultaba inexcusable.

—Era un caso digno de estudio, la verdad —dijo al cabo de unos segundos de molesto silencio—. Un tipo tan raro y tan entrañable en el fondo. En fin…

Qué se le iba a hacer.

Yo lo tenía algo más fácil, aparte de la antigua amistad y del estrecho vínculo que nos unía; de modo que realicé algunos cambios en la agenda de la jornada, y tras una breve reunión con uno de los colaboradores más cercanos, salí de la oficina y me subí al coche. Con todo, no podía apartarme un ápice del guion. Disponía del tiempo justo para llegar a la iglesia hacia la mitad de la ceremonia, acompañar a la comitiva hasta el camposanto, y regresar acto seguido a las obligaciones del despacho sin perder ni un solo minuto.

Estaba previsto que el vehículo de la funeraria procedente de Madrid, ciudad donde al parecer habían transcurrido los últimos años de su azarosa existencia, conduciría directamente sus restos mortales hasta el portalón de la iglesia parroquial. Cuando crucé el umbral del templo, el servicio religioso estaba tocando a su fin y yo me dirigí con paso firme (bien camuflado bajo las gafas de sol) hasta la bancada del fondo donde había localizado nada más entrar al reducido grupito de los íntimos. Allí estaban entre otros Gavi, Pablito y Lele, sus rostros mustios y tensos. Nos dimos un fuerte apretón de manos, apenas aguantando en silencio la emoción compartida por el amigo que nos había dejado. Apreté los dientes, ocupé el hueco que me habían abierto en medio de la hilera y me crucé de brazos.

Como siempre hacía en estos casos en que me veía en la obligación (cada vez menos, la verdad) de asistir a un funeral en el pueblo, primero me zambullí en la hipnótica vidriera oriental, que a esa hora del día inundaba de luz multicolor toda la zona izquierda del sagrario. Y al contemplar su resplandor policromado, tan hermoso e indiferente al humano paso del tiempo, el hechizo me transportó de golpe a través de sus haces de luz al más remoto pasado. Como por arte de magia, emergió entonces ante mis ojos deslumbrados la figura menuda de Chicho: embutido en su roquete y con la pértiga en la mano; el gran Chicho de mi niñez, dueño y señor de los cepillos y de las llaves eclesiales. Y junto a Chicho desfilaron ante mí otros recuerdos antiguos: las ceremonias nupciales de las hermanas, el fuerte olor a incienso de la sacristía, la ira militar del exdivisionario y el rostro penitente del bueno de don Francisco.

Cerré los ojos, di un fuerte suspiro y me obligué a regresar al presente. Para entretener el tiempo, me puse a estudiar las caras de los parroquianos situados en los bancos de las inmediaciones. Eran en su mayoría personas de cierta edad que no me resultaban del todo desconocidas, allegados de la familia o asiduos cumplidores locales de pésames y velatorios. En esta parte de los anchos muros, en plena estación veraniega, el ambiente era de lo más agradable y fresco. Ah, mi querido amigo, resultaba tan chocante estar asistiendo a la ceremonia de tu funeral… Era una sensación tan novedosa y extraña, nosotros aquí ahora al fondo del gentío anónimo, y tu presencia latente y dominadora en el interior del ataúd ocupando allí delante un lugar tan destacado y con vistas al final del pasillo central, justo por delante del altar mayor. A lo mejor te hubiera hecho gracia todo este espectáculo fúnebre local. O tal vez no. Igual hubieras protestado de manera enérgica y destemplada contra este ritual tan poco esplendoroso, tan previsible y anodino. Pero no estoy en condiciones de saberlo. Llevamos demasiado tiempo sin tratarnos, hace siglos que no tenemos noticias el uno del otro, ya sabes, la gente cambia, se traslada a otra ciudad, se transforma, se contradice, se amansa, languidece. Muere.

De hecho, tú, el amigo íntimo y rebelde de la adolescencia y de la primera juventud, ya no te encontrabas entre nosotros. Eso constituía un dato de la terca realidad que estaba ya fuera de discusión. Tú te hallabas en ese momento del lado oscuro de la frontera, en la otra orilla del tiempo. Eso era ya irreversible y lo alteraba todo. Cerré los ojos. Las feligresas se arrancaron en ese momento con un breve y triste recitado de loas al Señor. El velo del misterio mortuorio se extendía en derredor, el sonsonete del cura me resultaba tedioso, y puestos a imaginar y entretener la espera (con algo había que matar el tiempo), me puse a elucubrar acerca de lo que podría haberte gustado hacer en ese momento de haberte resultado posible. Si ello estuviese en tu mano, se me ocurrió pensar, no dudo de que te levantarías de tu estado de postración suprema (hasta aquí como todo hijo de vecino) y de que les dirigirías unas palabras de amonestación a todos los presentes (eras cualquier cosa menos tímido). Hablarías, sí, de la vastedad de tu mundo, con tu voz ronca y bien modulada de entregado fumador de tabaco negro. Perorarías sin complejos (de inferioridad, se entiende) de tu genuino talento incomprendido, de la mala suerte, de tu pobre ambición sin límites. No dirías una palabra, en cambio, quizás, de tu existencia discontinua y precaria, una vida tan coherente como estrambótica hecha de lecturas, alcohol y delirio, con tu apretada jornada laboral como médico suplente algún que otro mes de verano, y tu pasión nocturna de escribano del horror y de la lucidez aciaga. Lo mío es ser dios o mendigo, solías repetir en voz alta en tus horas más delirantes y etílicas. Imagina el efecto de esa frase inocente lanzada con fervor mesiánico ahora mismo desde la altura del púlpito insepulto. La gente congregada en el funeral no captaría la grandeza de semejante dilema, es cierto, y a la menor ocasión aprovecharía el revuelo de tu re-surrección ficticia para volver a casa con el rabo entre las piernas y una mueca de contrariedad dibujada en sus rostros. Pero no había cuidado. No había de qué preocuparse (o sí y eso era tal vez lo peor de todo), la gente bien pensante que asiste a los funerales como quien acude a la farmacia o a la frutería de la esquina podría seguir tranquila y satisfecha con el curso de sus vidas: Miguel estaba inmóvil en un cajón de madera, sin aliento, sin micrófono, domado.

Y parecía un hecho tan incontestable como carente de sentido. Una verdad demoledora, sospechosa y completamente injusta.

Cuando llegamos al cementerio (me acompañaban Gavi y Pablito), cruzamos con el ánimo encogido la gran puerta de entrada y, siguiendo la estela de los que nos precedían, nos dirigimos con paso cansino hacia el lugar del enterramiento. Como no me entusiasman precisamente los ritos funerarios, yo llevaba sin poner los pies en aquel espacio sagrado desde que diéramos sepultura a mi madre, hacía de ello ya casi una década. Mi padre la había precedido unos veinte años atrás (Dios, cómo pasa el tiempo) y, como parientes más cercanos, eran mis dos hermanas quienes se encarga-ban una vez al año de las tareas de limpieza y manteni-miento de las sepulturas de la familia.

La gravilla bisbiseaba bajo la suela de los zapatos. Estábamos en pleno mes de julio y hacía un calor sofocante. Sin pensarlo dos veces, deshice el nudo de la corbata y me la guardé en el bolsillo de la chaqueta. Cuando nos unimos a la comitiva, apenas había una docena de personas arremolinadas en aquella esquina del rectángulo amurallado del recinto. Según había comentado alguien poco antes, el lugar de descanso eterno que había sido asignado al difunto iba a ser el mismo espacio en el que habían reposado hasta la fecha los restos mortales de su progenitor; y yo entonces, al recordarlo, no pude evitar un amago de aprensión; dudé, pero fue más fuerte el impulso de la sospecha; di unos pasos por detrás del grupo y me puse a buscar en derredor con la mirada. Al cabo de unos instantes, un escalofrío me recorrió por la espalda. A unos cinco metros de distancia del medio círculo que formábamos el escaso cortejo, mis ojos se toparon, sobre la misma tierra desnuda que pisábamos, con una inquietante bolsita de plástico de color negro. Aunque me costara entenderlo, no había lugar para la duda. Aquella bolsa de plástico era una bolsa común de la basura; y aquella bolsa de la basura contenía en su interior los restos mortales del padre de Miguel, unos restos mortales que, según parecía, estaban ahora destinados a acompañar a mi amigo en su nuevo y definitivo lugar de descanso.

El largo y estrecho hueco del nicho, abierto ahora a la vista, se extendía oscuro a ras del suelo delante de nosotros, por debajo de los seis nichos clausurados de la fila vertical que se alzaba a lo largo del muro.

Como siempre que acudía al último acto de un funeral, y contemplaba de cerca aquel habitáculo claustrofóbico al descubierto, se me revolvieron las tripas y un viejo disgusto bulló en mi interior.

«En fin, esto es lo que hay», me dije desconsolado mientras repasaba con la mirada a los escasos integrantes de aquel cortejo fúnebre.

La contemplación en vivo y en directo de la angostura sepulcral revotó como un eco dentro de mi cabeza y al pronto surgió en mi ánimo una especie de solidaridad naíf con el prójimo. Por lo visto, y según una ley cicatera de rango universal, gran parte de la humanidad se ve obligada a vivir y morir recluida en espacios minúsculos contra su libre albedrío: primero en pisitos de dimensiones reducidas y después en nichos estrechos. Pobre gente en fin siempre prisionera, por lo que parece, de la dictadura eterna del cemento. Y con esa aprensión, al ir saltando de rostro en rostro en aquella cuerda de convictos presentes y futuros del ladrillo, descubrí por sorpresa que al acto final de las exequias no había acudido el sacerdote oficiante de la ceremonia.

Ante la ausencia del religioso, los cuatro operarios de la funeraria se pusieron de inmediato manos a la obra a fin de poner punto final a aquella operación ya estrictamente laica de despedida.

En medio del silencio grave y expectante de la comitiva, dos operarios se colocaron a cada lado del féretro y empujando al mismo tiempo lo arrastraron con cuidado por el suelo, hasta embocarlo en la apertura del hueco. Una especie de chasquido orgánico, vegetal, resonó de pronto en el aire y los cuatro hombres se frenaron en seco. Había surgido un problema de carácter geométrico. Las medidas exteriores del ataúd no encajaban del todo con las dimensiones que correspondían al hueco del nicho. Por lo visto, la capital y el tamaño de sus féretros excedían paradójicamente las misteriosas limitaciones funerarias del pueblito.

En medio de aquel embarazoso contratiempo, algo había que hacer, y yo me puse a curiosear y leer las inscripciones de los nichos de los alrededores; con el ánimo apocado iba saltando mi atención sobre nombres y fechas de personas desconocidas, cuando, de súbito, a un par de metros del lugar destinado a mi amigo, mis ojos se toparon con el viejo nicho donde descansaban los restos mortales de su progenitora. En la lápida de color negruzco podía distinguirse una pequeña fotografía en blanco y negro con el busto de una mujerona bien parecida: el moño altivo anudado detrás de la cabeza, y una expresión reconocible en el rostro ovalado de firme determinación de carácter. Me fijé en la fecha. ¡Treinta y uno de diciembre! De pronto recordé todos los detalles. La pobre mujer de apenas cuarenta años había fallecido por sorpresa precisamente ¡un fatídico día de Nochevieja! El niño se había acostado en la cama junto a su risueña madre, después de la tradicional cena familiar, y había amanecido en Año Nuevo abrazado al cuerpo frío y exánime de una mujer insensible. ¡Por el amor de Dios! Pero cómo no quedar conmocionado para los restos después de haber tenido que pasar por una experiencia como esa. Qué difícil resulta comparar las vivencias de cada cual y juzgar al prójimo, pensé al evocar aquella traumática pérdida sufrida por el niño. Cuán imposible, llegar a compartir en el fondo los pesares más íntimos del alma de los otros… Uno de los operarios sugirió casi a gritos un cambio de estrategia, yo dejé de filosofar y entonces caí en la cuenta del lugar exacto en el que nos encontrábamos en ese momento. Aquel rincón del cementerio era un lugar muy especial. Ahora lo recordaba bien. Ese rincón tenía que ser con toda seguridad el lugar al que su amigo solía acudir en plena noche impelido por un ataque de añoranza; el rincón recurrente y maternal donde solía rumiar su borrachera estival de lúcido universitario, durante aquellas largas y tormentosas horas de juventud que precedían a la llegada del nuevo día.

Los operarios daban la impresión de no saber muy bien lo que procedía improvisar en aquel trance, y en un momento dado probaron a remover con los pies la gravilla que crujía bajo sus pasos en la zona de acceso a la abertura. Había algo cómico en aquella excitación de pies de los cuatro trabajadores vestidos con ajustado traje de chaqueta, barriendo la tierra delante del ataúd en un extraño y sincronizado ejercicio de contradanza. Algo hermoso y solemne también desde luego, pero la solución de rastrillado no funcionó y los operarios se quedaron en silencio un instante y cruzaron entre sí una mirada de preocupación e impotencia.

Resultaba que al final mi amigo se estaba resistiendo en el ultimísimo momento, en un gesto muy suyo de sorda indisciplina y de gran presencia de ánimo, con ocasión de la máxima adversidad.

Algo había que hacer, y sin más demora, de modo que, tomando la iniciativa sobre sus compañeros, el más joven de los operarios se abalanzó en ese momento sobre la tapa del ataúd y con gesto decidido retiró la corona de flores que estaba superpuesta sobre la superficie de madera. Solo entonces los empleados de la funeraria se animaron de nuevo y comenzaron a empujar hacia adelante con un impulso firme y acompasado. Por sus frentes chorreaban brillantes gotitas de sudor. Cediendo al impulso de los cuatro hombres, el féretro empezó a prosperar en su ruidoso recorrido de incrustación, pero algo obstaculizaba todavía su deslizamiento, y enseguida la caja quedó atascada en la cavidad del nicho, quedando visible por la zona de fuera una cuarta parte de su extensión.

Así las cosas, era preciso revertir el proceso. Los cuatro hombres se incorporaron de nuevo y, rompiendo el silencio con pequeños resoplidos y jadeos, se volvieron a agachar mientras tiraban con fuerza todos al mismo tiempo, hasta que por fin lograron extraer del nicho la caja de nuevo y pudieron depositarla con cierta impaciencia sobre el suelo terroso del cementerio.

Aquel contratiempo resultaba a los ojos de los presentes un espectáculo de lo más embarazoso, y yo no pude por menos de sonreír para mis adentros (y no sé si también de un modo visible para los demás) al estar siendo testigo privilegiado de esta genuina demostración de terquedad y rebeldía de mi amigo; un último intento de su parte (un punto teatral y muy suyo en el fondo), dirigido a evitar a cualquier precio ser desalojado para siempre de la realidad visible de este mundo. Mucho muerto para tan poco agujero, fue la frase que me vino a la mente en aquellos momentos, rendido sin condiciones a su animoso forcejeo de última hora.

Un leve murmullo de incredulidad se dejó oír entre los componentes menos avisados de los que formábamos aquel círculo de curiosos cada vez más impaciente. Fue en ese momento cuando el que parecía ser el jefe de los empleados de la funeraria se apartó unos instantes del escenario, rebuscó de cuclillas en una caja de herramientas que yo no había visto hasta entonces, y, resoplando victorioso, extrajo de su interior un enorme martillo de color negro. A la expectación que flotaba en el ambiente se sumaba ahora cierto descreimiento. El hombre se arrodilló ante el féretro, se limpió el sudor de la frente con el envés de la mano, e introdujo la parte curva de las orejas del martillo por debajo del crucifijo atornillado en la tapa del ataúd. Al parecer ahí se encontraba el culpable de todo aquel desaguisado. La enorme cruz metálica con la figurita del Cristo clavado y doliente estorbaba de mala manera la entrada oficial y definitiva de mi amigo en los confines del otro mundo. La cruz era, por así decir, el impedimento trascendental de aquella operación compleja de transmutación metafísica y de entrega de un cadáver reciente a los dominios esquivos de ultratumba; de modo que allí no cabía ya andarse con paños calientes, había que coger el toro por los cuernos. El operario tensó el musculado antebrazo haciendo palanca con el martillo y, tras un golpe seco de muñeca, un Cristo resucitado y liberado de los clavos de su cruz saltó hecho añicos por los aires igual que una frágil lámina de cristal. El hombre tuvo que dar a continuación varios martillazos bien dirigidos (como una especie de moderno Nietzsche proletario, o como guiado al menos en teoría por la mano fuerte del pensador alemán), antes de que no quedase sobre la tapa del féretro el menor rastro del omnipotente y santo pegote de oro metalizado.

Supuse que se iba a dejar oír en mitad del silencio opresivo del camposanto una salva de aplausos ejecutada por los allí congregados, pero solo escuché una tosecilla proveniente de alguien que estaba situado por detrás de mi posición. Con disimulo me giré un poco y comprobé que se trataba del boticario jubilado del pueblo, una persona de orden, de trato campechano y mente borrical que había sufrido un ataque cardíaco él mismo recientemente. Aquella tosecilla no era de todas formas una tosecilla profesional, por así decir. Ni médica ni farmacéutica, sino más bien una suerte de carraspeo de carácter nervioso, que de algún modo parecía manifestar a todos los allí presentes: «La culpa la tengo yo, por haber venido a pesar de todo… Pero si solo falta que alguien saque la hoz y la coloque junto al martillo para rematar el cuadro». En ese momento Gavi, que se encontraba junto a mí con los brazos cruzados, estiró el cuello y me susurró al oído con un tono de admiración y cariño por el amigo ausente: «Tú conocías bien al bueno de Miguel, pero ¡qué jodido! Si no lo veo, no lo creo. ¡Genio y figura…! ¡Hasta la sepultura!».

Los operarios echaron mano una vez más del ataúd, cantaron al unísono a la de una, a la de dos y a la de tres, y empujaron con fuerza hasta que el frontal de la caja chocó con estrépito contra el fondo del nicho. Uno de los operarios de la funeraria recogió del suelo la bolsa de plástico negro y la colocó con impaciencia sobre uno de los bordes del féretro. Solo entonces, como por arte de magia, entró en escena un operario del Ayuntamiento que sostenía en la mano una pistola de silicona; el empleado se dejó caer de rodillas con aplomo, selló en unos segundos la apertura del nicho con una lápida provisional, y todos los presentes nos dimos la vuelta con alivio y dejamos atrás a mi amigo para siempre.

MEQUETREFE (PRIMAVERA DE 1970)

En aquellos primeros años del bachillerato ya andábamos todos revueltos en las aulas, pero en materia de estudio había un bedel para nosotros y otro distinto para las chicas. Los bedeles no estaban especializados en ningún sexo en particular, sino que se iban alternando día a día en las tareas de vigilancia del alumnado fuera de clase, durante el tiempo destinado en el colegio a hacer los deberes y a empollar en las silenciosas y atestadas salas de estudios. Uno de los bedeles era bueno y el otro malo.

Siempre resulta arriesgado juzgar a las personas de un modo tan maniqueo, pero a mis ojos y a los de mis compañeros de pupitre, el bedel de rostro aceitunado era una mala persona. Y no había más que hablar. Era una cosa sabida. Del mismo modo que podría decirse que yo, por simple comparación, era un niño de carácter introvertido, espíritu pusilánime y más bien cobarde.

Hay una anécdota que ilustra a la perfección mi propio grado de consciencia de todo esto.

Nos encontrábamos todos los muchachos en la sala de estudio. Reinaba un completo silencio. Cuando quien nos vigilaba era el bedel bueno, es decir, don Daniel (la mirada franca y confiada y su pierna derecha aquejada de una ligera cojera), de vez en cuando se oía de fondo una especie de rumor apagado, de susurro y cuchicheo, de risa sofocada. Siempre que ocurría esto, el bedel bueno nos avisaba. Una vez al principio y luego otra y otra más. Sin alterarse demasiado ni perder por completo el tono amable. Don Daniel tenía a su disposición su buen zurriago de goma, y no precisamente por razones decorativas. Pero había dos cosas que nunca o casi nunca hacía este buen guardián del estudio. En ninguna circunstancia golpeaba él a los inocentes; y en ningún caso aplicaba su castigo a los culpables sin haberlos avisado en repetidas ocasiones y mucho antes de que aquellos finalmente recibieran su anunciada sanción. En otras palabras, procuraba ser justo. Los culpables sabían a qué se arriesgaban y aceptaban de mejor o peor grado las consecuencias de su mal comportamiento. Por lo demás, raras veces dejaba de asomar y resplandecer, por encima de la mesa grande tras la que permanecía sentado la mayor parte del tiempo, el apacible rostro humano de este vigilante de estudios. Don Daniel sonreía, bromeaba, llegado el caso, se justificaba ante los alumnos después de haber tenido que recurrir al castigo. Todos sabíamos que a él no le gustaba emprenderla a mamporros a las primeras de cambio; y que a veces se veía obligado a acudir a dichos métodos solo para que la cosa no se le fuera por completo de las manos. No era raro que pudiera entrar de improviso el director en la sala de estudios con el rostro inflamado de ira y que nos echara una filípica a todos los presentes debido al ruido y al jaleo que estábamos armando en ese instante; y entonces la reputación profesional del bedel bueno quedaba claramente en entredicho a los ojos de su jefe, quien lo colocaba ante todos en una situación de lo más incómoda. De modo que don Daniel era el bedel bueno; el bedel bueno y bondadoso, claro está, por lo que respecta a nosotros, los alumnos del colegio; quién sabe si en realidad no fuera bueno, sino por el contrario malo, o por lo menos regular, un bedel regular y blando y pacífico y permisivo con los muchachos más revoltosos y díscolos de aquella generación nuestra de estudiantes. Un asunto controvertido y espinoso, en fin, este de la perspectiva… A saber lo que podrían estar pensando respecto al buen talante de don Daniel el estricto director del colegio y el resto de los profesores del claustro, las autoridades civiles y demás representantes del orden, los señores inspectores, los señores curas y hasta los propios padres y madres de los alumnos que cursábamos Bachiller elemental a principios de los años setenta.

Nuestra relación, en cambio, con el bedel malo, con don Valerio, era una relación completamente distinta. No se trataba únicamente de su aspecto agriado: la mirada fulminante y los labios comidos e invisibles. Era una de esas personas que jamás se permitía a sí mismo un descanso, que nunca dimite, que en ninguna circunstancia baja la guardia. No sonreía ante nada ni ante nadie y, lo que era bastante peor, daba la impresión de estar encantado cuando se veía en la necesidad de hacer uso (y hasta abuso) de sus disuasorias prerrogativas en materia disciplinaria. Aquella mañana había estado lloviendo desde el amanecer. Cuando llovía, su celo profesional y su suspicacia se incrementaban de manera notable. Se rumoreaba que la humedad tenía la extraña propiedad de repercutir de algún modo en el estado de su espalda o de su pierna, y que entonces algo le dolía, alguna vértebra, algún nervio o músculo, a saber qué cosa, aunque no llegara a cojear visiblemente como don Daniel, y por ello, en tiempo de lluvias, había que andarse con mucho tiento y mirar con cuatro ojos. El silencio en la sala era perfecto. No se oía ni una mosca. Yo estaba concentrado en el estudio de latín; por fin habíamos llegado en clase a la última declinación (la del *res-rei*) y yo me esforzaba por memorizar los casos más difíciles tapando y destapando con una mano las terminaciones de aquella palabra. A veces, para sorpresa de todos, el vigilante abandonaba unos momentos la sala. Cabía imaginar que lo hacía para ir al cuarto de baño a aliviar la vejiga, o para estirar las piernas, o para enderezar la espalda, no había manera de saberlo. O a lo mejor es que le gustaba contemplar un ratito, a través de los cristales del ventanal del pasillo, la lluvia fina que caía y que tan bien se acomodaba a su estado natural de malhumor. Cuando ocurría esto, cuando se daba la ausencia ocasional del bedel, la situación era bien distinta dependiendo de quién fuera en ese momento el que nos vigilaba. Si se trataba del bedel malo, como resultó ser este día, su ausencia por lo general apenas se notaba en el reconcentrado ambiente de la sala. Pero a veces algún alumno inventivo dotado de cierta vena jocosa o algún gamberrete aburrido de tanta paz y silencio se tiraba al ruedo de improviso y se ponía a hacer de las suyas, y entonces resultaba ya inevitable que se produjera a continuación una leve algarabía en la sala de estudios. Entraba el bedel agrio con cara de pocos amigos por la puerta lateral y entonces dirigía la vista hacia el sector en donde él creía que se había originado la revuelta y, asiendo su zurriago reglamentario de vigilante del orden escolar, la emprendía a golpes con los alumnos sentados en aquella parte de la sala. El procedimiento era crudo y expeditivo. Tras avanzar a grandes pasos, se frenaba en seco en un punto determinado del largo y aterrorizado pasillo, y allí se ponía a golpear en la espalda con saña a ocho o diez muchachos, por orden riguroso y en abstracto, por así decir. Era como si no apaleara a este alumno de aquí en particular o aquel otro de más allá, sino que aplicaba más bien el correctivo físico al grupo difuso de quebrantadores del orden concebidos en un sentido general, como una

masa compacta de hombros y espaldas que constitu-
yeran el epicentro seguro de la reciente camorra es-
tudiantil. En alguna ocasión, yo había tenido la mala
fortuna de estar sentado en una de esas zonas calientes
donde había prendido semejante conato de indisciplina, y entonces, cuando veías venir a don Valerio en
dirección a tu asiento con la goma alargada del cipote
por encima de su cabeza pelona, lo único que podía
hacerse era apretar los dientes con fuerza, tensionar el
cuerpo encogido sobre el tablero de la mesa y confiar
en que pudiera haber suerte en el último momento.
El sonido sordo de los impactos aproximándose y el
lamento sofocado de los que te precedían en la fila de
castigo te dejaban el alma arrugada, el corazón desbo-
cado y un temor pánico al hachazo blando y sin sangre
que estaba a punto de descender sobre ti. Cuando la
goma caliente mordía de un golpe seco el músculo de
tu espalda o de tu hombro, sentías un dolor inmenso,
de escozor físico, pero también de vergüenza moral
por haber sido vejado y maltratado injustamente, de
manera tan indiscriminada y ominosa. Pero había poco
que hacer, salvo aguantarse y mantener la boca cerrada.
Otras veces esta operación de castigo resultaba incluso
peor, pues la intuición del bedel erraba al cien por cien,
y entonces don Valerio maltrataba de una tacada a todo
un sector equivocado del salón mientras el responsable
del desaguisado se dedicaba a buena distancia a poner
carita de chico bueno y, muerto de risa por dentro,
improvisaba un rictus de seriedad y de concentración

que aseguraba su total impunidad. Nunca había habido nadie, según podía recordarse, que hubiera protestado o elevado queja alguna a la superioridad por tan inicuo proceder por parte de aquel celoso bedel amargado y armado. De modo que no nos gustaba la lluvia. Aquel día había amanecido lloviendo y estábamos todos los alumnos allí sentados en la sala de estudios, después del segundo recreo. El *res-rei* era ya pan comido, así que me puse a repasar el resto de las declinaciones. Sin aparente motivo, don Valerio se levanta del sillón y sale a paso lento por la puerta del fondo. Unos cuantos alumnos levantan las cabezas de los libros y se lanzan mutuamente sonrisas guasonas con ánimo festivo; otros, los menos, hacen el gesto de mutis con el índice en los labios, intentando que la cosa no pase a mayores y termine por desmadrarse. Sin embargo, en ese momento, se oye una voz por encima del leve rumor de hojas y cuchicheos. Se trata de una queja, pero modulada con sorna y picardía. Algo así como «¡Jopé! ¡Que no me pises, *Rompetechos*!». Entonces el barullo resulta inevitable. Algunos chavales se liberan de la tensión muscular y psicológica del estudio y se relajan comentando algo sobre el particular. Cuando don Valerio entra por la puerta (a veces parecía como si hubiera abandonado la sala con el único propósito de ponernos a prueba), todos sabemos cómo va a desarrollarse el siguiente capítulo de la historia. «*Alea jacta est*», nos decimos entonces para nuestros adentros los más aventajados de los alumnos que andamos metidos en eso del latín. No hay margen posible de maniobra personal. El eventual castigo depende ahora del camino que guíe sus pasos enérgicos entre el laberinto de bancos y mesas de la sala de estudios. Izquierda o derecha. Delante o detrás. El bedel coge al paso la cachiporra de encima de su mesa y se dirige hacia la zona del fondo por el lado de la sala cuya ventana da al campo de fulbito. Rompiendo el silencio temeroso que reina en la sala, se oyen ahora varios golpes sucesivos a medida que el vigilante se va desplazando de un asiento a otro. Media docena de golpes secos de zurriago y ninguna lamentación o queja. De súbito, ocurre algo extraño. Un alumno sentado en esa parte del salón de estudios abre la boca contra todo pronóstico y formula una objeción: «Yo no he hecho nada malo», se limita a sugerir el muchacho en un hilo de voz tras recibir un violento golpe en la espalda. El bedel se gira hacia él, pues ya estaba levantando su cachiporra por encima del siguiente alumno de la fila y propina con redoblada inquina un segundo mamporro al alumno que se ha atrevido a abrir la boca.

El alumno en cuestión es un alumno crecidito, unos dos años mayor que yo, con el pelo rizoso en escarola y la cara llena de granos. Se llama Miguel, Miguel del Sol, y es un joven tranquilo y reservado, con su vieja chaqueta negra y su pulcra camisa blanca puesta a todas horas, a modo de uniforme marca de la casa: un alumno aplicado, serio y formal en sus cosas. Miguel vive con su padre y con una tía en una casita muy humilde, a pocos metros de la vivienda familiar de don Valerio. Su madre había fallecido de la noche a la mañana siendo él muy niño, y por ese motivo todos los alumnos del centro sentimos por él simpatía y una especie de pena secreta. El bedel y el alumno son, así pues, vecinos. «Yo no he hecho nada malo». Esas son las palabras exactas (aunque se oyeran en su día otras versiones diferentes y hasta contradictorias entre sí); las palabras exactas, las pocas y significativas palabras que ha pronunciado en voz baja Miguel, y el bedel le ha respondido sin dudarlo con un segundo golpetazo en la espalda. Yo siento cómo el impacto de la goma recorre la espaciosa estancia hasta que se introduce en mis oídos y cómo todo mi cuerpo se estremece de arriba abajo haciéndome cerrar los ojos un instante, como si el golpe hubiera impactado en mitad de mi cerebro y no en la espalda del muchacho sentado a varios metros de distancia. El muchacho se levanta de su asiento y mira de frente al bedel. Es una imagen impactante y curiosa. El vigilante tiene una estatura menor que la que posee su joven vecino, pero lo ha empujado hacia atrás con fuerza y el muchacho se ha vuelto a sentar a su pesar. El bedel aprovecha la supe- rioridad reconquistada y le propina con determinación un tercer golpe en la espalda. En realidad, el impacto no tiene lugar en esa parte de su cuerpo, porque el chico se ha vuelto a levantar de inmediato y la correa al bajar le ha dado de respajilón en la zona del cuello. Yo pienso en la piel delicada del cuello enrojecida ahora por el golpe y en el gran dolor que un impacto de ese calibre tiene que haberle producido al pobre Miguel. El muchacho vuelve a mover los labios, pero se limita a susurrar: «Yo no he hecho nada malo». Don Valerio no puede dar crédito a lo que está viendo y oyendo. Ahora tiene la mirada espantada de un demente y las venas verdes, infladas de ira, están a punto de reventarle en las sienes y ponerlo todo perdido de lo que pueda estar circulando en ese momento a través de ellas, puro veneno destilado de bedel malo o pura mala leche de antiguo guardia civil retirado. «Te ordeno que te calles y que te sientes, so niñato», le grita el vigilante al muchacho. Ahora se suceden unos instantes de silencio sepulcral en los que podía haberse oído el aleteo de una mosca. Todos los presentes estamos con el cuerpo en vilo, aterrorizados por la escena que estamos presenciando en vivo y en directo. Noto que las tripas se me remueven por dentro y pienso que lo mejor sería levantarme de mi asiento y dirigirme de inmediato al cuarto de baño a vomitar, a llorar o a lo que sea. Pero no muevo un solo músculo de mi cuerpo. Estoy zurrado de miedo. Por Miguel. Por mí mismo. Por todos mis compañeros. No se me ocurre cómo puede acabar esta escena de violencia del bedel contra el pobre alumno huérfano de madre. Siento el corazón en un puño. De pronto, la escena crece y crece ante mis ojos abiertos como platos y ahora la contemplo como si se tratara del primer plano de una obra de teatro mudo: están los dos de pie en medio del vasto silencio de la sala, con todos nosotros conteniendo la respiración, luchando y forcejeando sin palabras. Miguel, quién lo hubiera imaginado, oponiendo a su contrincante una especie de resistencia pasiva, tan grandullón él y tan buena gente («yo no he hecho nada malo», se ha limitado a decir el muchacho), y el bedel casi echando espumarajos por la boca, pugnando por reducir la resistencia del alumno, forzarle a sentarse de nuevo en su asiento y aporrearlo con su goma oscilante hasta que se calle y se rinda.

La tensión en la sala de estudios es máxima, pero el chico no pierde la compostura ni deja de mirar de frente a su agresor. Miguel se sienta en el banco muy despacio, como a cámara lenta, mientras susurra en un hilo de voz: «Le repito que yo no he hecho nada malo». El bedel levanta la cachiporra amenazante por encima de la cabeza de Miguel, y con los ojos saltones a punto de salírsele de las órbitas por culpa del esfuerzo y del berrinche, masculla a media voz: «Mira que te arreo otra vez, so mequetrefe». Yo nunca he oído antes esa palabra tan rara y curiosa, la palabra «mequetrefe», con sus cuatro sílabas seguidas respirando por la misma vocal, la vocal «e» de bedel, de Miguel y de perder, y por eso no sé muy bien qué pensar, aunque me temo lo peor…

«Pobre chico», me digo para mis adentros.

Pero entonces, para sorpresa de todos, el bedel se desinfla de golpe y baja el brazo armado; se gira lentamente sobre sí mismo y, en silencio y con la cabeza gacha, se dirige hacia la mesa grande de su despacho.

LA NOCHE ETERNA
(VERANO DE 1980)

¡Cómo entran y salen los gorriones de los cipreses!
¡Míralos qué alegres! Esa abubilla que ves ahí,
tiene el nido en un nicho… Los niños del enterrador.
Mira con qué gusto se comen su pan con manteca
colorada…

Juan Ramón Jiménez, *Platero y yo*
(«El cementerio viejo»)

Cuando aquella noche casi ya de madrugada Miguel propuso que fuéramos los tres al cementerio, al principio Carlota se resistió a la idea con firmeza, pero ante la insistencia de Miguel y mi tibia aceptación última no le quedó más remedio que ceder de mala gana, insistiendo, eso sí, en que el plan no dejaba de parecerle un auténtico disparate y que, por lo que a ella concernía, una vez llegáramos allí, no tenía la menor intención de bajarse siquiera del coche.

—Estupendo, pareja —dijo Miguel, esbozando una leve sonrisa y entrando de nuevo en el bar en que nos habíamos tomado la última copa.

—No te lo tomes así, corazón —sugerí medio en broma mientras esperábamos aparcados en la calle—. Enseguida estaremos de vuelta. Además, te prometo que me voy a quedar todo el tiempo en el coche a tu lado.

—¡Más te vale! —me respondió Carlota tras un breve silencio. Y añadió—: De todas formas, no es eso lo que más me preocupa, joder, sino lo muy pesaditos que os vais a poner los dos amiguitos del alma seguramente.

Poco después pude ver por el espejo retrovisor cómo salía Miguel del bar portando en una mano una botella de DYC y en la otra un par de cajetillas de ducados; caminaba deprisa hacia nosotros y parecía tan contento, que me alegré de veras de haber logrado convencer a Carlota.

—Okey, okey —dije y, tras girar tres veces la llave de contacto, arrancó por fin el motor del coche.

***

El duro curso escolar había tocado a su fin, y aquel día era el primer día de nuestras largas y plácidas vacaciones de verano.

Muchas veces a lo largo de los años, mi cabeza y mi corazón han regresado de un modo u otro a los detalles y peripecias de aquella larga noche estival. Muchas veces he cerrado los ojos con nostalgia, y he visto en carne y hueso a Carlota y a Miguel y a mí mismo metidos en aquel viejo Dyane 6 de color amarillo y blanca capota metalizada, discutiendo y canturreando camino del cementerio del pueblo. El tiempo todopoderoso obra milagros. Y como diría alguien en una canción triste o en la barra de un bar olvidado, aunque seamos siempre los mismos a lo largo del camino, los que estamos aquí y ahora ya nunca seremos los de antaño.

Y es precisamente esa penosa constancia, la de comprobar de pronto la distancia insalvable que nos separa de aquellas personas que un día fuimos, la razón por la que a veces intentamos lo imposible, y llenos de nostalgia y de inocencia probamos a zambullirnos de cabeza en las pantanosas aguas del pasado.

Estudiante pobre de Medicina, Miguel tiene veintitrés años, es espigado y de nobles y elegantes maneras naturales; en su rostro ovalado (de rala perilla y granos persistentes) destaca una nariz ancha y enérgica, una impresionante cabellera rizada y unos inquietantes ojos saltones. Encendido admirador de Freud y de Nietzsche a partes iguales, mira siempre a su interlocutor a los ojos sin pestañear, en un intento indisimulado de penetrarle a uno en lo más íntimo, de sacar a la luz el yo secreto, la debilidad, la culpa o lo que corresponda, y condicionarlo luego de un modo u otro a su entera voluntad; efecto este de intimidación del prójimo, que a menudo consigue con éxito, de un modo casi profesional, sobre todo con las chicas, aunque no de manera excluyente; genuino psicólogo noctámbulo especializado en esa clase de jovencitas, demasiado ingenuas o un punto temerarias, que, empujadas por una copa de más, se atreven a internarse en su hipnótico radio de acción de atormentado aprendiz de Casanova.

Carlota es estudiante de Derecho y tiene veinte años. De mediana estatura y curvas armoniosas, su figura resulta de lo más sensual. Tiene la piel muy blanca, los ojos azules y el cabello corto. Confiada y de buen corazón, es de esa clase de personas que enseguida cae bien a la gente.

Él es estudiante de Filosofía y Letras y acaba de cumplir los veintiún años; miope desde los quince, usa unas gafas baratas de montura ligera tras las que se parapeta, según opinión de Miguel. Tiene una barba voluntariosa que no le cubre toda la cara, y una mirada ligeramente achinada, con expresión tendente al sarcasmo más o menos ocurrente; los dedos de sus manos aparecen en las puntas llamativamente gruesos y chatos, como percebes, y desde siempre se ha comido las uñas. En casa dicen que en según qué cosas ha salido claramente a su padre, una persona de fuerte carácter y temperamento más bien nervioso.

Carlota y él comparten piso de manera esporádica desde hace un año en la monumental ciudad de Cáceres (donde estudian), aunque oficial y formalmente ella vive y siempre pernocta en casa de una señora viuda, donde se hospedan jóvenes universitarias de clase media.

Los tres visten como era costumbre entre jóvenes estudiantes; ellos (de extracción social más humilde) con vaqueros de marcas irreconocibles y camisas discretas de mercadillo; ella embutida en falda larga de algodón floreada, de cierto aire hippie y vagos motivos sudamericanos.

El pueblo, en fin, es un pueblo grande del norte del sur, uno de esos pueblos blancos de veranos muy largos, campos torrefactos y vaporosas lejanías. Un pueblo grande, blanco y azul, de gráciles cigüeñas musicales encaramadas en el campanario de la iglesia, amenizando cada jornada el sopor colectivo de la siesta.

***

Bien provistos de alcohol y de tabaco, y tras decir adiós a las últimas luces de las casas del pueblo, el viejo coche enfila, quejumbroso, un angosto camino que en las inmediaciones del ejido se estira a lo largo de un barranco mugriento. El barranco no es una formación natural, sino el resultado de oleadas de inmundicias y cachivaches desechados que han ido acumulándose con el paso del tiempo hasta conformar un basurero ilegal. Ese camino, el camino empinado que atraviesa el basurero, conduce directamente al cercano cementerio.

Bueno, me digo mientras conduzco, aquí estamos pues los tres últimos náufragos de la noche… Carlota parece resignada, aunque de momento (basta con echar un vistazo a la expresión de su cara) no baja la guardia. Miguel se ha salido con la suya. Odia tener que meterse en casa sin más compañía que su borrachera cuando la noche toca a su fin. Demasiadas ideas en la cabeza y demasiado alcohol en las venas para tanto silencio después en su cuartito desordenado repleto de colillas y de libros. Yo me pregunto por qué he accedido a este delirio de última hora de Miguel, teniendo además de mi parte como tenía la resistencia y la oposición de Carlota. Estoy cansado y, lo que es peor, he bebido más de la cuenta. A Miguel le hace ilusión que le acompañemos. Eso está claro. Ha insistido. Bueno, puede que resulte interesante. Un rato en el cementerio y en buena compañía no le hace mal a nadie. Nada que ver desde luego con quedarse allí hasta el fin de los tiempos, más solo que la una y criando malvas, me digo con retranca.

Al bordear el pequeño barranco, miro por la ventanilla y no me puedo reprimir:

—¡Pero qué peña más guarra! Hay que joderse —señalo en un intento de animar un poco el cotarro—. No tenemos remedio. Como no sea a la puñetera fuerza, no hay manera. Pero ¿cuándo cojones se va a crear en este país una policía especial, un cuerpo de barrenderos armados con pistolas, un ministerio o un departamento de limpieza a fondo de la cosa pública? En fin, somos unos cerdos incorregibles.

—La verdad —responde Carlota con tono agrio— es que nos sobra ya burocracia. El hecho es que, en otras partes de Europa, sencillamente, o mejor dicho, milagrosamente, estas cosas no se ven por lo general.

Yo estoy por no contrariarla, de modo que digo:

—Puede que no te falte razón. —Y en contraste con las limpias calles londinenses que tanto me impactaron en su día, al pronto evoco la imagen del dominguero nacional tirando por la ventanilla del coche los desperdicios del picnic más reciente.

Ajeno a nuestra conversación, Miguel abre la botella y da un trago largo.

—Oye, colega —dice con guasa—, este güisqui no es extranjero ni escocés ni americano, pero está de puta madre y habrá que celebrarlo. Así que a ver: ¿por qué no pone usted algo de música, señor maestro?

En mi cerebro pervive aún la antigua clasificación del bachillerato de alumnos de letras y de ciencias, y soy consciente de que él es un alumno aplicado de medicina y de que yo me convertiré con suerte en profesor numerario de instituto, así que salto un poco picado por sus palabras:

—Sin insultar, amigo. Un respeto y una cosa, ¿de acuerdo, galeno? —Y añado, en un tono fingidamente solemne y autoirónico—: Pues ya lo dijo el viejo dramaturgo irlandés: «Quien sabe, sabe, colega; y quien no sabe…, o sabe poco o lo sabe de manera superficial, pues se dedica a dar clases, coño, y no hay más que hablar».

Yo conduzco muy lentamente, en parte por las limitaciones del coche y del estrecho camino, en parte también por efecto del alcohol. Muevo la palanca de cambios, hablo y gesticulo y giro el volante todo a un tiempo. El viejo automóvil se arrastra por el camino polvoriento a paso de tortuga.

Por la parte derecha del parabrisas, se destaca en el cielo una luna redonda y líquida. El cementerio queda a un par de kilómetros de distancia, y mientras remonta los sucesivos repechos, el coche ronronea y se balancea con su panza baja rodando por el camino blanco de empinados bordes, en dirección al camposanto.

Con el cigarrillo bien apretado entre los labios, y guiñando un ojo por culpa del humo, me pongo a hurgar a tientas en la guantera, hasta que doy con la cinta de color rojo que ando buscando, una copia grabada que no muestra ninguna información sobre su contenido y que está suelta, fuera de su casete; la hago oscilar en el aire con gesto triunfante, cambio de marcha y la inserto en el aparato de música; enseguida el rumor del motor se desvanece en la campiña oscura, torpedeado en el acto por Lou Reed y su grito generacional de transgresión roquera. A mí me gusta mucho el estribillo de esa canción, y por ello no me importa desafinar mientras lo tarareo y busco con la mirada a Carlota, quien no está para complicidades en ese momento y mira hacia fuera por la ventanilla con aire ausente:

—*Tei e uo in de guai sai, beibi* —repito yo una y otra vez, y al hacerlo tengo la sensación agradable y llena de ingenuidad de que Lou Reed hubiera compuesto esta melodía y esta letra pensando en jóvenes como nosotros: en Carlota y Miguel y yo mismo; en jóvenes como nosotros, y como él, en una situación más o menos parecida a la de esta noche. Lentamente, la botella va pasando de mano en mano, de boca en boca, al son de la melodía; una melodía pegadiza y marchosa, que nos invita a romper amarras e internarnos por la otra orilla; a la exploración del lado salvaje de uno mismo, el lado salvaje del ancho y variado mundo que nos rodea…

Carlota se anima a dar un pequeño sorbo de la botella.

—A mí —se queja con cara de disgusto—, el güisqui así, sin agua ni nada, me sabe fatal. Urrr… Tiene un gusto raro como a paja, a madera o a algo parecido; y está tan fuerte que me quema la garganta.

A mí tampoco es que me mole demasiado el whisky a palo seco, sin mezclarlo con algo, la verdad. Sin embargo, a esas alturas de la noche, cualquier brebaje que contenga una gota de alcohol me resulta más o menos deseable. Miguel, en cambio, se ha embrocado la botella a conciencia, y yo digo:

—Despacio, chico, *lansan, eslouli*, que no va a quedar ni una jodida gota para el cementerio.

Miguel da la impresión de acusar de inmediato el impacto del licor en el fondo de su estómago y, tras pasarme la botella de nuevo, se arranca a hacer gorgoritos desentonando de lo lindo:

—*Tarari, tarari… tei a uooo in de guai sai…* Guay del Paraguay. *Camón, jani: ¡gui guona fak… de fakin mun!*

Aunque su pronunciación en inglés, me digo al escucharle, no es que sea mucho mejor que su oído para la música, parece tan identificado con el mensaje lanzado por el cantante de Nueva York, que yo no dudo ni un segundo en unir mi voz desafinada a la suya propia:

—*Jey beibi, tei a wooo* —canturreamos a dúo invadidos por la euforia.

—Oye, y eso ¿qué es? —pregunta de repente Carlota (en parte, creo yo, con el velado propósito de interrumpir nuestro entusiasmo musical), al tiempo que señala por el cristal del parabrisas hacia una edificación borrosa que reverbera a unos metros por delante del camino—. Qué forma más extraña tiene, ¿verdad?

Yo me alegro de que al fin muestre un poco de interés por algo, y propongo una pequeña adivinanza:

—Ah, eso, dime tú qué puede ser —propongo yo, mientras bajo ligeramente el volumen del autorradio.

—No tengo ni pajolera idea, la verdad —dice ella.

—Vamos, vamos, un pequeño esfuerzo, porfa. Un poquito de imaginación…

—A ver, no sé… ¿Un castillito? Una especie de castillo enano, de juguete…

—Frío, frío.

—Puestos a improvisar —tantea Carlota, animándose a jugar—, yo qué sé, por ser podría ser hasta una nave espacial, sí. Una especie de nave que estuviera semienterrada, hundida en la tierra después del impacto.

A pocos metros de distancia del camino polvoriento y pedregoso por donde circulamos, ahora se vislumbra (sobre una zona elevada del terreno, hacia la derecha) una construcción de estructura almenada, una construcción ovalada y compacta que destaca sobre los muros blanqueados del camposanto, y que alberga el depósito destinado a abastecer de agua potable a los vecinos del cercano municipio.

Miguel parece despertar de su ligero ensimismamiento musical:

—No me irás a decir ahora, *beibi*, que crees en los marcianitos.

Con aire salomónico, yo intervengo en la disputa y sugiero una breve paradita de reconocimiento sobre el terreno. Chirrían los frenos hidráulicos del Citroën, y el coche se detiene en el borde del camino: las dos ruedas de la parte derecha, asentadas ahora sobre el campo crudo que sube en leve pendiente en dirección al depósito municipal.

Con un movimiento lento de muñeca giro la llave de contacto y apago el motor. En realidad, me digo mientras quito la música y apago también los faros del coche, este sitio es tan bueno como cualquier otro. Aunque me siento agotado, me mantengo alerta: las espadas desenvainadas de mis muy queridos acompañantes brillan en la noche. Miguel se muestra categórico sobre los ovnis y los extraterrestres. Carlota suspira y discrepa. Un pariente suyo ha vivido una curiosa experiencia relacionada con uno de esos

objetos fuera de lo común, y Carlota relata somera-
mente aquella peripecia. Como a mí me cae de puta
madre ese buen hombre y me parece un profesional
competente y creíble (el primo lejano de Carlota es
ahora catedrático de Física y Química en un instituto de Badajoz y, para más inri, era sacerdote en el
momento en que ocurrió aquel suceso), yo intento
mediar entre ellos y relativizar la cuestión todo lo que
puedo.

—Pero volviendo a tu pregunta de antes —replica
Miguel armado con su eterno cigarrillo—, pues resulta
que eso que ha llamado tu atención, no es en realidad
ninguna lanzadera espacial.

—Ya —ataja con sequedad Carlota.

—No, no es un platillo intergaláctico. A ver, eso
seguro. Ni platillo intergaláctico ni platillo de gambas
ni de aceitunas. Por cierto, ¡joder! Qué bien nos vendría
ahora una buena racioncita para picar y acompañar este
güisquito. En fin, no, nada de eso. Lo que ves ahí no
es otra cosa que un cántaro gigante de agua municipal.

—¡Exaaaaacto! —canturreo yo—. ¡Un cántaro encantado! ¡Para dar de beber a los vivos y a los muertos!

—Déjate de bromas —dice Carlota.

—¿Qué te parece? —respondo yo—. ¿Verdad que
tiene guasa instalar en un sitio como este la central de
suministro del agua potable del pueblo? Menuda ocurrencia. Este alcalde nuestro es la repera. Imposible
el alemán. Treinta años jodiendo al personal y sigue y
sigue, como si nada.

En el rostro de Carlota aparece ahora un gesto de aprensión:

—¿Y no se filtrará el agua por debajo del cementerio? ¡Qué asco! —Y, dirigiéndose a Miguel, espeta un tanto dolida—: No te rías. Ya sé que a ti estas cosas no te impresionan. Bueno, en realidad, al contrario. Por lo visto, tú te encuentras en este lugar como en tu propia casa, ¿no?

Yo no quiero que la cosa se desmadre entre ellos, de modo que me lanzo a improvisar en tono festivo y a disparatar de lo lindo:

—Vamos a invocar al agua sagrada, que es fuente de vida. Ah, líquido genético y benefactor. Contágiales algo de tu movimiento a estos pobres muertos. A estas sombras desterradas que tiemblan insomnes bajo el manto pesado… del olvido, que diría el mal poeta.

Miguel adopta de pronto un aire serio y, tras un breve silencio, casi en un susurro dice:

—Pues sí, es cierto: vengo aquí algunas veces.

—¿Y a santo de qué lo haces si puede saberse? —pregunta Carlota con aire cauto, aunque más agresiva de pronto.

Miguel da una intensa calada y, mientras hace girar el cigarrillo entre sus dedos, dice:

—Así que sientes curiosidad, ¿eh?, okey, no hay problema. —Y tras exhalar el humo lentamente, añade—: Algunas noches, cuando se acaba la marcha y todo el mundo se pira para casa, hay algo que me llama, que tira de mí y que no puedo reprimir. Entonces con un poco de priva y de tabaco me vengo para acá. Unas veces a pie y otras en autostop.

—Ya, pero, exactamente, ¿qué es lo que haces aquí solo todo el rato? —pregunta Carlota tras unos segundos de silencio, aunque tal vez lo mejor hubiera sido no continuar hurgando en el tema.

—El muerto —me anticipo yo, entre risas.

—No tiene gracia —me responde Carlota.

Miguel dice:

—No hago nada especial. ¿Qué quieres que haga? Me siento en el banco junto a ese árbol de allí. O me tumbo y me relajo. En fin, sí, es verdad, vengo aquí algunas veces y se me pasa la noche volando.

Yo no dejo escapar la oportunidad y digo:

—¡En efecto, se le pasan las horas muertas! ¿Eh, colega?

—¿Y en qué piensas todo ese tiempo? —pregunta Carlota, girándose en el asiento y mirando de frente a Miguel—. ¿No te aburres?

Yo ya parece que he asumido mi papel de bufón por completo, de modo que digo:

—Y en esas estaban cuando el Creador Cómico del Cosmos concedió graciosamente: «Permitamos solo a los nobles burros, el privilegio exclusivo de aburrirse».

—Pásame la botella y dame un cigarrillo de los tuyos, anda, sé bueno —me dice Miguel. Miguel enciende el pitillo con parsimonia, da un trago largo de güisqui y añade—: Empecé a hacerlo, como decía, por algo que no sé qué es…, como un tirón que venía de las tripas, una arcada… Pero no una arcada por el mareo y por el alcohol, al menos no solo por eso, creo yo. No sé ni cómo ni por qué, pero entonces, después, cuando llego hasta aquí se me pasa, siento como una especie de paz, de tranquilidad, que es la leche, joder, de equilibrio con el todo, de identificación…

—Pero identificación ¿con quién? —interrumpe Carlota.

—Pues con los que se van, con los que se han ido. Qué quieres que te diga… Puedes llamarlo solidaridad. Un tipo de solidaridad ingenua, típica de borrachuzo, sí, claro. O también, ¡qué diablos!, un jodido ataque de ¡mala conciencia!

—Lo siento —protesta Carlota—, pero no lo entiendo. Mala conciencia ¿de qué?, ¿por qué?

Miguel succiona con ganas el filtro del cigarro antes de responder.

—Bueno, a mí siempre me ha parecido una barbaridad lo que se hace, lo que hacemos, con los muertos, con nuestros muertos. Es decir, lo que nos harán a todos nosotros, algún puñetero día si nos descuidamos y bajamos la guardia… —Y dando un trago a la botella, añade—: Acuérdate, Dionisio, de lo de Leandra.

—¡Cómo no, Miguel! —digo yo.

—Pues yo no —dice Carlota.

Miguel tiene ahora la mirada perdida y con un tono de voz neutro dice:

—Yo lo tengo siempre presente. Aquella escapada campestre… La pandilla de amigos al completo, justo el día de la víspera de la romería. ¡Qué jodida mierda! ¿Te acuerdas?

De repente, siento un nudo en la garganta y la necesidad imperiosa de fumarme un cigarrillo. Lo enciendo y digo:

—Claro que me acuerdo. ¿Cómo olvidarlo?

—Creo que algo me has contado hace tiempo —susurra Carlota—, pero no estoy muy segura. Explícate, porfa.

Ahora todo gira dentro de mi cabeza en torno a ese nombre, en torno al nombre de Leandra. Me alegra que Carlota sienta curiosidad y que al fin muestre interés verdadero por algo durante esta pequeña aventura de madrugada, pero es un tema doloroso que me toca de cerca y me remueve por dentro.

—No, de esto no te he dicho nunca nada.

—Ah, perdona. ¿Y te importaría contarlo ahora?

—Es más bien una larga historia, la verdad.

Carlota guarda silencio mientras mantiene la mirada fija en mí.

Yo doy una profunda calada y siento cómo el humo se pierde garganta abajo y se expande a sus anchas por los pulmones. Luego lo exhalo poco a poco y me hundo en el asiento: cierro los ojos y me dejo llevar por el recuerdo.

—Fue uno de esos días cojonudos de abril —empiezo a contar con un hilo de voz—. Un día luminoso y lleno de colores. El azul, azulísimo del cielo, las flores blancas de la jara, el lila del cantueso, las adelfas del río, unas rojas, otras fucsias y otras blancas... La campiña en todo su esplendor primaveral en exclusiva para nosotros. Media docena de amigos y amigas disfrutando de un día de campo en aquel caserón tan chulo, que pertenecía a la familia de Leandra. El viaje en aquel coche destartalado... Me acuerdo de la travesura del coche y de la excitación de los preparativos en la tienda de comestibles; a primera hora del día Leandra nos llevó en secreto hasta una propiedad familiar, un corralón grande lleno de aperos y de maquinaria agrícola, y allí tomamos prestado un coche viejo, un Cuatro latas, para desplazarnos hasta la finca. No me acuerdo de qué fue lo que nos procuramos para la comida. Eso importa poco, por supuesto... Unas latas de sardinas en conserva, supongo, un poco de pan y algo de embutido para salir del paso, imagino, claro. Beber, sí, muchos botellines de cerveza y ginebra para los cubatas. Si ahora pongo la mente en blanco, aún me viene a la cabeza una sensación de lo más agradable de aquellas horas. El sol radiante del mediodía, el campo lleno de flores de todos los colores, el verde de los sembrados y el rojo de las amapolas, la música, la dulce modorra de la siesta a la sombra de los eucaliptos... Pero al día siguiente, joder, aquel puñetero día siguiente le pasó aquello.

—Pero a ver, ¿qué le pasó a quién exactamente? —pregunta Carlota con inquietud.

Miguel parece sumido por completo en los recuerdos y yo digo:

—Bueno, llegó el día siguiente y el pueblo entero se echó a la calle a disfrutar de la festividad de la santa patrona, la esperada romería del lunes de Pascua. Como de costumbre, íbamos todo el grupo, arriba, apretujado, de pie, en el remolque descubierto de un tractor. Poco antes una caravana de carrozas había desfilado delante de las autoridades y de los miembros del jurado situados en la balconada del ayuntamiento. Cada carroza, como sabes, con su representación temática y con la plataforma adornada de florecillas multicolores hechas de papel. Te conoces de sobra los detalles del ritual, Carlota. Íbamos todos alegres y contentos, empinando el codo. Muchos tocando las palmas y arrancándose por sevillanas. Otros contando chistes; algunos discutiendo y polemizando como siempre, ¿verdad, Miguel? Todo el mundo camino del santuario de la Virgen. Adonde, por cierto, tú te niegas a ir últimamente, forastera.

—Ya, ya… Oye, Dionisio, has mencionado todo el tiempo un nombre, Leandra —dice Carlota—. Me suena, sí, pero no recuerdo de qué exactamente.

—En realidad, no has podido conocerla. Una chica más bien morena. El pelo corto, muy rizado, la cara redonda, mofletuda… Una persona muy simpática y alegre. Con esa simpatía típica de la buena gente un tanto rellenita. No salía con ninguno de nosotros en particular, pero era una buena amiga de todos. La mayor parte del año lo pasaba en Madrid estudiando. Su familia era una familia acomodada del pueblo y ella solía pasar las vacaciones aquí. La cosa es que por alguna razón aquella mañana la muchacha llegó tarde al lugar convenido, al lugar de embarque. Nos divisó de lejos, volvió sobre sus pasos, tomó una callejuela y se apostó en una esquina para aguardar la llegada del vehículo. Cuando hizo su aparición el tractor con el remolque, aunque a paso de tortuga, sus ruedas, esas ruedas gigantescas de la parte delantera enfilaban ya la bajada que conduce a la carretera de la ermita.

»Leandra estaba apurada y tomó una decisión fatal para su suerte. La muchacha tomó carrerilla e intentó subirse al vehículo en marcha apoyando un pie en el triángulo del enganche en la zona donde se une la cabina con el remolque. Llevaba puestas las zapatillas de romera, unas zapatillas de lona verdes con la suela de esparto. Leandra resbaló al apoyar la planta del pie en la barra metálica y todos nosotros pudimos sentir por dos veces cómo las ruedas del tractor se encaramaban ligeramente al pasar por encima del cuerpo de la pobre chica.

—¡Dios mío, qué espanto! —dice Carlota cerrando los ojos.

Como despertando de un sueño, Miguel dice:

—Al día siguiente de nuestra fiesta en el campo, justo el día después, le pasó aquello y se la trajeron aquí para siempre.

—¡Dios mío, qué horror! —dice Carlota frotándose en seco la cara con las manos.

—Sí… sí —concedo yo antes de dar un trago largo de la botella. Y al cabo de unos segundos añado—: Puedo ver las imágenes de aquel día como si hubieran ocurrido ayer mismo. Recuerdo que la tensión del momento se hizo de golpe insoportable. Sentí un deseo loco de gritar, pero apenas si pude despegar los labios. La lengua de pronto agarrotada, incapaz de articular palabra. Agaché la cabeza y me invadió de golpe un horrible sentimiento de culpa. Todos allí montados en el remolque del tractor, pasándole por encima… Toda esa gente allí subida armando bulla un segundo antes y de pronto aquel silencio raro, que parecía durar un siglo. Recuerdo que en ese momento fatídico, en el momento exacto en que sucedió la tragedia, yo tenía la espalda apoyada en el lateral del fondo del remolque y estaba sosteniendo en la mano una bota de cuero. Una vieja bota de cuero de mi padre y que en ese mismo instante un hilo de vino dulce de pitarra me resbalaba por la barbilla.

—¡Qué muerte más horrenda! —dice Carlota con la voz quebrada.

—Siempre lo es, amiga mía —dice Miguel—. Pero resulta casi peor lo que ocurre a continuación. Me parece tan inmoral… Esa costumbre tan funcional y cristiana, tan farisaica de amontonarlos, como basura, en un reducto especial. Fuera de la vista. Un lugar deprimente y apartado. Todo tan pulcro y asqueroso a la vez. Es preciso limpiar la vida de sus muertos, joder. Todo muy aséptico, muy profiláctico. No conviene molestarlos en su descanso, allá en su sitio estarán mejor, mucho mejor… ¡Hipócritas! Pásame la botella, Dionisio.

Carlota parece afectada y, encendiendo un cigarrillo, dice:

—Bueno, eso no solo lo hacen los cristianos, que yo sepa… De todas formas, no se me ocurre qué propones como alternativa, ¿que permanezcan en sus casas como si nada? La verdad es que yo, en realidad, nunca he visto a un muerto.

—Aquel día lloramos todos. O casi todos —digo con la voz quebrada, mientras le doy una calada al cigarrillo de Carlota y sigo prendido del recuerdo—. Lloramos de impotencia y de rabia. ¿Te acuerdas, Miguel? Cuando nos bajamos del remolque, todo ocurrió muy deprisa. La gente agolpada alrededor, los gritos, la ambulancia, la sirena… Éramos incapaces de entender nada. De pronto, alguien, no recuerdo quién, se puso a discurrir sobre lo que procedía hacer y no hacer en aquella circunstancia. Las palabras brotaban de su boca a trompicones y sonaban gastadas y estúpidas. Estábamos asustados, histéricos… Discutimos la cuestión de forma atropellada. Ahora ya no tenía el menor sentido continuar con la fiesta de la romería, de modo que finalmente se acordó que lo mejor era contratar un servicio de taxi y dirigirnos de inmediato al hospital a donde se habían llevado a Leandra. La ambulancia había salido zumbando, disparada a toda pastilla del lugar del siniestro, la alarma de la sirena perforándonos los oídos y helándonos el corazón a todos los presentes. Se nos cortó la marcha y la juerga en seco.

»Hicimos todo el trayecto hasta el hospital de Don Benito-Villanueva de la Serena en completo silencio, mudos y tensos como lagartos al sol. Un sol que se colaba por los cristales de las ventanillas y que nos mantenía mustios y amodorrados después de la euforia abortada de cuajo. Aterrorizado cada cual en su fuero interno con la idea absurda de tener que contemplar a nuestra querida Leandra transformada en una enferma repentina de cuidados intensivos. Tal vez irreconocible por los vendajes, abierta de par en par, entubada o algo parecido… Eso era lo que nos temíamos, pero al preguntar en la recepción nos comunicaron que ella, la muchacha atropellada por el tractor, ya no se encontraba allí. Cuando llegamos a su casa, nos la encontramos tendida sobre la cama, muy solemne. Los dedos regordetes anudados en las manos entrelazadas y el cura calvo mintiendo a conciencia a la familia con una sarta de estupideces y naderías. A la pobre familia, que se la veía tan inconsolable como ausente y ajena a todo… Joder, joder. ¡Cómo me caían los lagrimones por las mejillas!

—Sí, claro que me acuerdo —dice Miguel—. Cómo me voy a olvidar de aquel condenado curita de pueblo. ¡Menudo charlatán de feria! ¡Un hechicero! ¡Un auténtico embaucador de la selva con mucha labia, pavoneándose por toda la casa dentro de su elegante sotana!

Carlota me pasa una mano por la cabeza, tratando de consolarme:

—Pobrecilla —dice en un susurro casi inaudible—, qué mala suerte. Lo siento mucho, Dionisio.

En ese momento me siento como una mierda y todo lo que se me ocurre es dirigir mi triste resentimiento contra el personaje al que Miguel acaba de describir, como si él fuese realmente el responsable absoluto de toda la desgracia.

—El Señor lo ha decidido así —comienzo a declamar, remedando el tonillo eclesiástico—. Él tiene sus razones. La quería solo para él. Ya ha hecho el viaje a la alegría felizmente y allá nos espera en el reino de gracia. ¡Maldita sea! ¡Pero cómo es posible que haya gente tan estúpida que pueda dar crédito a tales monsergas!

Miguel parece ahora fuera de sí. Grita:

—¡El muy cabrón! No se me va de la puta cabeza. Lo recuerdo a menudo, sí. Eso y otras cosas… y por eso vengo con frecuencia a este jodido lugar.

***

Cacareando y convulso como una gallina clueca, el viejo Dyane corona con esfuerzo la última cuesta, y se detiene dando saltitos junto a la puerta principal del cementerio. Al morir de golpe el lamento del motor, la carcasa amarilla se bambolea sobre sus ejes con un temblor final de chucho sacudiéndose el agua del arroyo. Un árbol solitario, un azufaifo, junto a un descolorido banco de madera, custodia la verja de entrada al recinto con aire severo. «La verja de entrada que nunca es de salida».

Ahora se deja sentir un húmedo sofoco allí dentro del coche y él se enzarza en un leve forcejeo con la manivela de la ventanilla que se resiste un tanto; aprieta y hace palanca hasta que la vence y el cristal se retira al fin por completo y se esconde portezuela abajo, dejando penetrar lentamente en el interior del automóvil el aroma dulce y seco de las espigas invisibles. Ya no se trata del aire perfumado de los tallos de trigo que se balanceaban orgullosos apenas una semana atrás, sino del póstumo suspiro de las últimas espigas agonizantes; esas espigas malogradas que cada verano quedan en abandono en medio de la campiña desierta; espigas olvidadas en mitad de los surcos calcinados, tras la retirada lenta del campo de batalla de las cosechadoras victoriosas de trueno y metal.

—Bueno, ya estamos aquí —se lamenta Carlota con ironía—. ¿Y ahora qué? ¿A contemplar el bonito paisaje?

Miguel tiene los ojos cerrados y la nuca apoyada sobre el respaldo del asiento.

Con aire de reproche, Carlota mira de frente a Dionisio, pero está absorto y no logra retener su atención. Carlota suspira y consulta la hora en su pequeño reloj de pulsera. Enciende un cigarrillo.

Él sonríe con aire borrachín, y por el hueco de la ventanilla dirige la mirada hacia las alturas. Su cabeza comienza a dar vueltas y siente que está mareado. Echa la mirada en derredor y hacia la bóveda celeste y piensa que está allí, en la campiña, pese a todo, en el interior del coche, al lado de Carlota y de Miguel, girando dentro de su cabeza la náusea a un ritmo desenfrenado, contemplando sus ojos vidriosos desconectados del cerebro el giratorio espectáculo del cielo y de la tierra.

Afuera, la noche acecha. En la rastrojera del cielo, espigas de nieve arrojan sus granos de luz a la oscuridad espesa del firmamento. Descansa, al fin descansa el caminito, que se extiende a lo lejos y se pierde en el pueblo dormido. Grillos y cigarras picotean el corazón de lo oscuro, envolviendo su eco en la distancia la imprecisa frontera de las casas. Y junto al muro blanco del cementerio vuela el reflejo de la botella pasando de mano en mano, de boca en boca, de sed en sed; relumbra la contera del cigarro y su extraña fragua de figuras en la nube reconcentrada del coche.

El tiempo va a su paso, como siempre, pero es como si transcurriera allí más despacio, entre gestos y pausas. Se estira la hora y rueda sobre sí hacia delante en busca del día que no llega.

Luego, más tarde, en un cierto momento, agotada ya la bebida, el ritmo se quiebra y Miguel abre la portezuela y sale del automóvil. Con paso vacilante se interna en la noche, llega hasta el portalón del cementerio y se gira a la derecha; durante unos segundos camina despacio a lo largo del muro; de pronto se frena, toma carrerilla y de un salto vigoroso se encarama a la tapia.

***

Nosotros no le seguimos y Carlota bosteza entre aburrida y asustada.

—¿Y qué se propone ahora? —pregunta Carlota picada por la curiosidad—. ¡Pero si está como una cuba!

—¡Bah! Olvídalo. Es mejor dejarlo a su aire. Habrá ido a estirar un poco las piernas. O querrá echar un vistazo… Ah, me siento un poco mareado.

—¿Un vistazo? ¿A qué? —pregunta Carlota.

—Al nicho. Al nicho de su madre. Es lo que hace siempre.

—Pero ¿tú le has acompañado antes hasta aquí alguna vez?

—No, no, ¡qué va! Nunca. El siempre viene solo, pero me lo ha contado. Uf, ¡qué malito estoy! —me quejo.

—¡Pero qué valor tiene este hombre! ¿Cómo será capaz? Por cierto, me muero de ganas de hacer pis, pero no… Yo no salgo del coche. Yo no me muevo de aquí. Oye, Dionisio, mi reloj se ha parado: ¿qué hora es ya? Debe de ser tardísimo…

***

Él abre la boca poco a poco y bosteza, acompañándose de un soniquete que resbala por la laringe levantando a su paso un eco entrecortado de cañería atascada; apenas se recobra, sacude la cabeza y consulta su reloj. Lo mira, hechizado. Como si fuera un reloj nuevo o un objeto extraño que no hubiera observado nunca hasta la fecha. Lo mira fijamente. Lo estudia. La correa de cuero negro gastada y el cristal ligeramente rayado de la esfera. El tiempo maniatado a la muñeca del hombre. Hay que fijarse en cada detalle, se dice, ah, los detalles... Todo está escondido en los jodidos detalles. La manecilla mayor del segundero es de color rosa y no para de dar saltitos como una santateresa; a impulsos regulares, la manecilla salta y respira, desplazándose de un punto a otro de la esfera, sin poder escapar del círculo vicioso de cristal, sin poder huir nunca de la esférica cárcel traslúcida. Habla el segundero, se mueve. Pero la lengua, esa lengua saltarina que habla en nombre del tiempo, no hace sino gemir y llorar en silencio dentro del templo sagrado del reloj. El tiempo está prisionero, domesticado; vivo en su latir inmortal, pero reducido a mero instrumento del hombre, a dócil utensilio casero como la aguja o el dedal; humanizado y comprimido a conciencia, a fin de poder medir el diminuto y maniqueo devenir de su temporal dueño: tic, tac, tic, tac, tic, tac...

***

—Son las cuatr… rro y media —confirmo, apurando un trago de la botella vacía, y cerrando los ojos al ligero mareo.

***

Su cerebro se espesa, se abisma, divaga. De pronto, le asalta una aprensión insólita. Una imagen circular que se hace cada vez más grande. Un reloj pequeño que crece por momentos delante de sus ojos. El reloj que ve, que está mirando, que consulta, no es un reloj de muñeca, no es su propio reloj, sino un reloj de pared que se ofrece ahora a la vista en una sala de espera. Primero piensa en la sala de espera espaciosa de una estación de tren, pero cuando traspasa la puerta de salida descubre que se encuentra en un pequeño cementerio. Una sala de espera vacía dentro de un cementerio en plena noche. Desde la puerta gira la cabeza y comprueba que el reloj de pared de la sala de espera, que un segundo antes marcaba la hora, de pronto es un reloj inservible y absurdo, la esfera amarillenta vacía, sin números ni manecillas. El tiempo, piensa con rotunda claridad de sueño, ha colapsado en ese momento, no ha irrumpido aún o ha sido olvidado en aquel rincón perdido del mundo. Una frase extraña, el tiempo está muerto, está muerto en su nicho de cristal, cruza por su mente al salir de la sala de espera con impaciencia.

Frente a él se extiende ahora un rectángulo encalado en cuyas paredes laterales se vislumbran las celdillas borrosas de los nichos, y, en la parte central, un terreno arcilloso flanqueado por dos hileras de cipreses. Del otro lado de los árboles puede divisar una especie de tienda con su neón encendido y la palabra «RELOJERÍA» parpadeando arriba en el frontispicio del establecimiento. ¿Se encontrará allí la puerta de salida, la vía de escape de este recinto deprimente donde se halla sabe dios por qué?

Cierra los ojos para evitar ver lo que no quiere ver, cruza el camposanto por el caminito del medio y se planta delante de la tienda. La puerta de cristal transparente está entornada, hay relojes vacíos colgando por las paredes y sobre el mostrador se extiende un féretro con la tapa abierta. El suelo es de madera oscura y rechina bajo sus pies, aunque él no se mueve; el ataúd rueda por encima del mostrador hasta la puerta y él puede ver fugazmente a un hombre con las facciones ocultas por una venda y vestido con un traje negro. Se siente intimidado, pero la escena le parece de lo más natural: un relojero de cuerpo presente en su tienda de relojes, un mostrador ambulante, y, en el bolsillo del chaleco del difunto, a la altura del corazón, el latido solidario de un reloj dorado.

En un lateral de la tienda localiza una segunda puerta; al dejarla atrás desemboca en una parcela acotada donde destacan, contra el zócalo blancuzco del fondo, hasta una docena de cruces de madera y pequeños letreros con relojes estampados en blanco y negro colgando de cada una de ellas. Debe de tratarse de un cementerio privado y exclusivo, piensa en ese momento. Fosas con los restos mortales de un gremio anónimo de relojeros. Llama su atención la milimétrica disposición de los abultamientos, alineados con esmero bajo un fino manto de tierra, geométricos y pulcros. Del otro lado del pequeño camposanto puede distinguir en la penumbra una verja de grandes dimensiones. Tiene prisa por salir de allí y con aprensión se interna por entre las hileras de cruces en medio de un silencio sepulcral que en realidad no lo es. A medida que se desplaza por el lindero, puede percibir de fondo un tictac inquietante en cada uno de los túmulos que le rodean. Nervioso y excitado, apura el paso, y mientras lo hace, él piensa en el latido sucedáneo del corazón de esos cuerpos sepultados. Tic, tac, tic, tac. Están ahí, puede oírlos. Viejos relojes de oro de precisión suiza. Fieles emisarios de un tiempo prófugo y perdido…

***

—¡Brrrrrr!

***

… eternidad prestada de gremio que cabe en el bolsillo de un relojero sin tiempo, disuelto en la nada, relegado por siempre a la oscuridad perpetua del nunca jamás.

—¡Ahhhh! —grito yo, sacudiéndome de la modorra que me ha dominado durante unos minutos.

—Vamos, vamos, despierta —dice Carlota ante mi cabeceo ciego sobre el respaldo del asiento.

—¿Eh?

—Despierta, hombre. Te habías quedado frito.

—¿Eh? —digo yo, reo todavía de mi delirio recién quebrado.

—Oye, por cierto, ¿no te parece que este hombre se está pasando de la raya? Pero ¿dónde se habrá metido?

—¿Eh? ¿Quién?

—¡Miguel! ¡Quién va a ser! ¿Dónde está Miguel? Hace rato que se bajó del coche y no nos dijo cuándo volvería.

—¿Miguel? ¡Ah!, sí…, no importa. No te preocupes por él. Es duro de pelar. En fin, si tú supieras…

—Si yo supiera ¿qué?

—¿Eh? Nada, chica. Déjalo.

—¡Ya empezamos! Me pone de los nervios que juegues conmigo a los misterios.

—Creo que he tenido una especie de alucinación. Brrr… Oye, déjame ver tu reloj.

—¿Para qué? Está parado. Y no me cambies de tema. No me dejes ahora con la miel en los labios. Si empiezas algo, tienes que terminarlo.

—Bueno, bueno, vale… —digo yo mientras bostezo.

—Te escucho, pues.

—¿Por dónde empiezo? —digo yo, sintiéndome todavía un poco mareado—. Todo depende de un buen arranque, de una buena dinamo. Je, je. Lo primero es lo primero. Ah, perdona. A ver… Miguel es buena gente, lo conoces de sobra, un tío superenrollado en el trato diario. Pero cuando bebe, la cosa cambia. Qué es lo que no podrá el vino… divino, o la ginebra, o este güisquicito. Vamos, que el alcohol le da la vuelta como a un calcetín, lo convierte en otra persona. Y entonces, sí, ese Miguel es otro Miguel, un Miguel que puede comportarse de una manera más bien chulesca y hasta ponerse en un momento dado… un poco agresivo.

—Hombre, no me digas… —ironiza Carlota.

—Te voy a contar un pequeño secreto. Pero me tienes que prometer que no se lo contarás nunca a nadie.

—Soy una tumba —susurra Carlota, algo asustada de su propia ocurrencia—. Bueno, no quería decir exactamente eso.

—Y luego me criticas —bromeo— mi cándido humor negro. Bueno, bueno, vayamos al asunto. Brrrr… Ya sabes que a Miguel le interesa mucho todo lo relacionado con el estudio de la mente, la psicología, la psiquiatría… Le chifla eso de hipnotizar a las pibas con su rollo freudiano antes de poder llevárselas a la cama con un poco de suerte.

—Pues no sé dónde le ven el encanto, la verdad —dice Carlota con aire malicioso—. Porque guaperas, lo que se dice guaperas… En fin, qué quieres que te diga.

—Vamos a dejar los cánones de belleza al margen, si te parece —sugiero en defensa del amigo—. El caso es que en vacaciones, justo el verano pasado, Miguel se las ingenió para hacer las prácticas de medicina dentro del hospital psiquiátrico de Mérida. Allí, te lo puedes figurar, alguien como él se encontraba a sus anchas, en su verdadera salsa. Es decir, entrando en contacto, día y noche, y experimentando a su aire con toda clase de personas más o menos aquejadas de problemas mentales. Gente a veces desquiciada y fuera de control. Muchos de ellos locos de atar. Brrrr…

—Pero, hombre, qué manera tan poco delicada de decirlo —protesta Carlota con energía—. ¡Pobres enfermos!

—Vale, mujer, no se hable más. Brrrr… —concedo yo, acusando los efectos de un nuevo ataque de delirio etílico—. El caso es que, mira por dónde, nada más llegar Miguel se encuentra en aquel centro… ¡Je! En aquel centro de descentrados, de desnortados, que diría un poeta borrachín. Desnortados como las palomas erráticas de Rafael Alberti, que, en realidad, ya sabes que no eran palomas, sino tortugas trastornadas. Trastornadas por las pruebas nucleares de los americanos. Vale, vale. No pongas esa cara. Cierro el paréntesis, que me pierdo. ¡Que me pierdo como las tortugas! ¡Je, je! Bueno, al grano… ¡Joder! ¡Eso! Grano para que coman las palomitas, ¡je, je, je! Perdona…

—Tienes el cerebro completamente infectado de güisqui —se lamenta Carlota, a punto de perder la paciencia—. Espabila, por lo que más quieras. Ya va siendo hora de que despiertes del todo, chico. O, mejor aún, tengo otra idea, ¿por qué no arrancas el coche y nos largamos a casa de una vez?

***

Él se echa un cigarrillo a la boca y, tras fumar en silencio durante un minuto, abandona su asiento y se hinca de rodillas en el suelo. Lo intenta una y otra vez, pero a pesar de las arcadas no consigue expulsar nada de su cuerpo; apenas tiene algo sólido en el estómago, y al cabo de unos minutos regresa al interior del coche. Sin embargo, algo ha ocurrido, pues se nota un tanto recobrado del último asalto del alcohol en las venas, un poco más fresco y lúcido.

***

—¡Joder! Eh… ¿Por dónde iba?

—Por el psiquiátrico de Mérida. Por las prácticas médicas de Miguel durante el verano —aclara Carlota dando un resoplido de impaciencia.

—Ah, sí, perdona. Pues va, como te decía, y se topa allí con varios paisanos que se encuentran ingresados en calidad de pacientes. Con gente que ha sufrido un trastorno mental en un momento dado, pero también, y sobre todo, con enfermos crónicos con rasgos la mar de curiosos. Algunos de ellos, muy conocidos por aquí, hasta populares, si quieres.

—¿Populares? —pregunta Carlota—. ¿Qué quieres decir?

—Pues populares, sí, entre los vecinos del pueblo, claro. Imagino que en todas partes se podrá topar uno con personajes peculiares como ellos. Aunque cada cual tiene su rareza y su historia, y eso los convierte en únicos, la verdad. No te puedes hacer una idea del tipo de cosas que cuentan y sobre todo…, joder, cómo te lo cuentan.

—¿Y qué es lo que cuentan?

—Bueno, eso es otra historia.

—Siempre haces lo mismo —se lamenta Carlota—. No me des pistas, porfa, si luego no vas a…

—Tranqui, vale —acepto yo, mientras intento aclararme un tanto las ideas antes de continuar—. A ver, el Legionario, por ejemplo…

—¿El Legionario?

—El Legionario, sí, el legionario. El problema de este hombre, según me contaron en su día, arranca de una experiencia que vivió poco después de la guerra, siendo él muy niño. Una tarde andaban él y un hermano mayor por el campo en busca del sustento. Su familia era una familia numerosa. Y como tantas otras familias necesitadas en aquellos días, los chicos tenían que buscarse la vida. De manera que en aquella ocasión les tocaba ir de pájaros.

—¿De pájaros? —pregunta Carlota.

—Sí, sí, de pájaros —repito yo y añado—: habían salido al campo en busca de gorriones y de trigueros, a cazarlos valiéndose de pequeñas trampas. No sé si has visto alguna vez uno de esos cepos que se usaban por entonces. Cuando yo era un niño, solía subir a escondidas al doblado de mi casa y allí me ponía a jugar con esas pequeñas trampas mortíferas que mi padre guardaba colgadas de una estaca. La verdad es que tenían su encanto. Eran como una especie de ballestas diminutas hechas de madera y alambre, y en ellas se colocaba en la parte central un grano de trigo como cebo, que se sujetaba mediante un trocito de hilo.

—No he visto esas trampas de las que hablas en mi vida.

—Ya, bueno, no importa. El hermano mayor del Legionario había montado los cepos por la mañana temprano en un barbecho y ahora había llegado el momento de cobrar las piezas. De vez en cuando no hay suerte y hay que volver a casa con las manos vacías. Otras veces la cosa resulta aún peor. Alguien se te anticipa de mala fe y cuando llegas al lugar donde tenías dispuestas las trampas, el furtivo ha arramblado con todo. No hay piezas que cobrar ni cepos que cebar. Aquella tarde, los dos hermanos venían caminando por una linde, cuando el muchachote divisó desde cierta distancia el gurriato aprisionado en la trampa. Al distinguir la figura parda del pájaro contra el terreno pajizo, se le iluminó el rostro. Era la primera captura en varios días. El muchacho hizo una señal a su hermanito y se aproximó al cepo con cautela. Fue entonces cuando sucedió. El chico se abrió de piernas para flexionar el tronco y agacharse para liberar el pájaro capturado del cepo. Un pie resbaló en el surco y rozó un objeto duro. Era un explosivo semienterrado, y el cuerpo del muchacho saltó por los aires. El niño pequeño se quedó sentado junto a los restos de su hermano, llorando y gritando, en medio del barbecho, con el gurriato en la mano. Unos labradores lo encontraron al anochecer. Tenía los ojos enrojecidos, los párpados hinchados y desvariaba. Al parecer, nunca ha podido superarlo… Hasta la fecha.

—¡Ah, por favor! —se lamenta Carlota.

—Es muy duro, sí, pero la historia es así.

—¡Puñetera guerra! —exclama Carlota con aire compungido—. Pobrecito niño… ¿Y qué es ahora de él?

—Pues, como te decía, es uno de los enfermos locales que pasa temporadas ingresado en el psiquiátrico. Cuando está en el pueblo, vive completamente solo en una casita raquítica en el barrio de los Olivos, casi vecino mío. En realidad, todo se reduce a un cuartito prácticamente desamueblado, un pequeño espacio sin nada de nada, no tiene aseo, ninguna ventana que dé a la calle y ningún tipo de ventilación. Allí se hace la comida como puede en un anafre y duerme sobre un jergón colocado directamente en el suelo.

—¿Y no lo ayuda nadie? ¿No tiene parientes? —se interesa Carlota.

—Alguien me contó en su día que una monjita del pueblo acude a su casa de vez en cuando para intentar adecentar el tugurio.

—Menos mal, pobrecillo.

—El caso es que el Legionario, perturbado como quedó desde el trágico accidente de su hermano en el campo, se pasa por lo visto la mayor parte del tiempo vagando por las calles del pueblo. Deambula de aquí para allá a cualquier hora del día o de la noche mientras va hilando en voz alta una especie de monólogo.

—No me extraña. Con una experiencia como esa…

—Un monólogo más bien estrambótico, lleno de frases sin pies ni cabeza y en el que va metiendo sobre la marcha historietas y anécdotas relacionadas sobre todo con los vaivenes de la guerra civil.

—¿Y tú lo has oído? —pregunta Carlota.

—Alguna vez, sí, y resulta impresionante. Figúrate el cuadro… Yo estoy tumbado en la cama en mitad de la noche. Hace un gran bochorno, estamos en pleno verano, la ventana está abierta y la persiana enrollada a media altura para que corra un poco de aire. De pronto, comienza a oírse un ruido extraño que proviene de la calle. Un ruido estridente que te encoge el corazón y que va aumentando poco a poco de volumen, acompañado de unas fuertes pisadas que cada vez se perciben más cerca.

—¿Un ruido, dices? ¿Qué clase de ruido? —pregunta Carlota, un poco asustada.

—Un ruido muy particular, la verdad. Un ruido que tiene que ver con una manía o con una habilidad la mar de curiosa que posee el Legionario. La habilidad de hacer rechinar los dientes de una manera continua y terrible. Trata de imaginar la escena. Tú acostada en tu cama en medio de la oscuridad, oyendo ese ruido metálico ensordecedor colándose por la ventana abierta, conociendo como conoces ya los pormenores de la historia que vivió de niño.

Carlota cierra los ojos un momento y dice casi en un susurro:

—¡Me muero de miedo! Ya sabes que me aterroriza la idea de la locura. Debe de ser horrible eso de perder el control sobre las cosas, que algo dentro de tu cabeza sea más fuerte que tú y que te dirija y que te domine sin que puedas hacer nada por evitarlo.

—En otras ocasiones —continúo, evocando la presencia cercana del Legionario del otro lado de la ventana del dormitorio—, las pisadas se detienen en un momento dado y el escalofriante rechinar de dientes cesa de golpe. Entonces, plantado en mitad de la calle, mientras todo el mundo duerme, va y comienza su extraño soliloquio. Normalmente suele hablar, como te decía, de la guerra civil. El avance de las tropas franquistas hasta las puertas de las primeras casas. Su atrincheramiento en las inmediaciones de la huerta de don Mariano. También, después de que fuera tomado el pueblo, los fusilamientos selectivos de madrugada. Ejecuciones sumarísimas de paisanos que, por cierto, se llevaron a cabo precisamente en este lugar, justo aquí, no muy lejos de donde estamos aparcados ahora.

Carlota se remueve en el asiento un instante y dirige una mirada temerosa por la ventanilla y el parabrisas hacia la oscuridad que les rodea.

—¡Pobre hombre! —exclama de pronto, devolviendo su atención al interior del coche—. ¿Y qué es lo que cuenta exactamente?

—Pues en medio de un discurso, como te decía, absurdo, el Legionario va y de pronto inserta una parrafada con pleno sentido. Por ejemplo, una noche le oí más o menos lo siguiente, algo que va repitiendo por las calles del pueblo con apenas variaciones, según me han contado. Se trata de un diálogo de campaña, una especie de rifirrafe que mantienen entre sí un sargento y un comandante. Un diálogo que el Legionario dramatiza de modo impresionante con dos registros distintos de voz y variados rechinidos de dientes:

»—Hay que apuntar bien, sargento, rápido, no quiero fallos. Hay que dirigir bien las *tayectorias to seguío*, el tallo del cañón, ¡cago en *dies*!, que apunte *diresto* a ese barrio que se ve a la izquierda, al barrio de la Laguna. A ese barrio que, de acuerdo con mis informe, está *toíto infestao* de rojos. Ahí hay rojos como piojos, ¡cago en *dies*!

»—Pero, mi comandante, hombre, paisano, digo yo, pero cómo vamos a apuntar ahí… En *to* caso, más arriba, hay que apuntar más arriba, hay que apuntar a lo alto, a la cabeza. Ahí no, mi comandante, que son *toítos* unos *desgraciaos*. Pero si son unos muertos de *jambre*, mi comandante, que no tienen ni dónde caerse muertos. Con el *debío* respeto: será *usté* cabrón, mi comandante, será *usté* cabrón…

Carlota se siente conmovida.

—Qué palabras más terribles, Dios mío, y qué ruda ternura.

Yo enciendo despacio el enésimo cigarrillo. Doy un par de caladas y se lo ofrezco a Carlota. Luego digo:

—Volviendo a lo que te estaba contando antes, volviendo a Miguel. Lo peor de todo fue sin duda lo del pobre diablo que le consultó.

—¿Que le consultó qué a quién? —dice Carlota con aire distraído.

—A Miguel. Otro paciente del hospital, que era también paisano. Miguel se lo encontró un día por los pasillos del psiquiátrico. A partir de entonces, cada vez que se veían charlaban un rato sobre los males del pobre hombre y Miguel le ayudaba y le asesoraba lo mejor que podía. Algún tiempo después, ya dado de alta, el paisano en cuestión, que era un señor viudo y sin hijos, nos invitó a una pequeña fiesta en el pueblo. Una fiesta improvisada organizada sobre la marcha, en su propia casa. Una casucha destartalada… El suelo de rolliza. El techo de caña y un corral enorme con gallinero y pocilga.

—Desde luego, con tal de empinar el codo sois capaces de apuntaros a un bombardeo —dice Carlota.

—Ya, ya… Bueno, ¿qué te voy a contar? Conoces el guion de memoria. Vino de pitarra en abundancia, jamón y coñac. Todo de una calidad más bien penosa, ni que decir tiene. Pero allí estábamos los elegidos, unos cuantos íntimos, todos incondicionales y devotos de la santa botella, todavía con ganas de marcha después de unas buenas tandas de cerveza. El buen hombre, en mitad de la borrachera general, le pedía consejo médico a Miguel, pues por lo visto se sentía desmejorado, con el estado de ánimo hundido y la moral de nuevo por los suelos. Sonreía el buen señor y, aprovechando cualquier pretexto, a la menor ocasión, preguntaba a bocajarro: «*Dotor, dotor*, estoy un poco *jodiino* últimamente, ¿qué me aconsejas? ¿Qué es lo que me mandas que haga, *dotor*?». Me acuerdo de que había en su pregunta una curiosa mezcla de ironía y de candidez a partes iguales. Una sonrisa sincera de borrachín, pero con retranca, y una mirada fija, expectante de verdad.

—¿Y qué fue lo que le aconsejó Miguel, si puede saberse? —pregunta Carlota.

—Antes que nada, tienes que hacerte cargo de cuál era el contexto, la situación, ya sabes… Estábamos los cuatro o cinco amigos en el patio de la casa moviendo el esqueleto al son de la música del casete. Dándole a la botella y al cigarro y picoteando, pero todo al mismo tiempo y sin parar, y, ante la insistencia del anfitrión, Miguel se ponía tenso y adoptaba de pronto una pose de psiquiatra contrariado. Una mano en la cadera y la otra sosteniendo el cigarrillo con cierta chulería. Y entonces Miguel, harto de su insistencia, le miraba fijamente a los ojos y en tono profesoral sentenciaba: «Que te suicides, coño, que te suicides». Algunos lo festejaban. Al poco el hombre volvía a la carga y Miguel terminaba ignorándolo, hasta que un rato más tarde toda la escena se repetía de nuevo.

—¡Joder, qué vergüenza! —exclama Carlota—. ¿Y tú qué hacías allí?

—Tengo que reconocer que a mí me desagradaba enormemente esa especie de maltrato. Las palabras de Miguel y toda su actitud con aquel pobre enfermo… Un comportamiento el suyo intolerable, sí, y pasado completamente de rosca. Pero lo cierto es que no hice nada al respecto. Sí, esa es la pura verdad. No se me ocurrió el cómo. Incluso en estos momentos no estoy muy seguro de qué es lo que hubiera podido hacer en unas circunstancias como aquellas.

—Pues está claro, Dionisio. Si no eras capaz de hacer nada para acabar con ese mal rollo, al menos podrías haberte largado de allí. ¡Eso es lo que hubiera hecho una persona normal, joder!

—No sé muy bien cómo tomarme eso que dices sobre una persona normal, pero en fin… —objeto yo más molesto que arrepentido, mientras me masajeo las cuencas de los ojos que empiezan a escocerme, sin quitarme las gafas e introduciendo el índice de cada mano por debajo de los cristales.

—Me refiero a lo que haría una persona decente, joder. Alguien con una pizca de corazón o que sienta un mínimo de respeto por la dignidad del prójimo.

—Vale, vale —repito, anticipando con más temor si cabe ahora ya la posible reacción inmediata de Carlota. Y añado en un hilo de voz—: Un mes después de aquella dichosa reunión, Pablito me dio la noticia al volver a casa un fin de semana. «Sí, hombre, sí…, cómo no te vas a acordar del viudo. El del jamón casi crudo, el del psiquiátrico. Pues hace unos días una sobrina que se encargaba de las tareas de la limpieza de la casa se lo encontró en un rincón de la cocina colgado de una viga. Dicen que estaba bamboleándose todavía cuando fue descubierto. Y que el pobre hombre estaba abrazado o enredado al hueso mondo y lirondo del jamón en cuestión. Del jamón… que pendía del mismo palo del techo».

—¡Qué salvajada! —protesta Carlota—. Esto ya pasa de castaño oscuro. ¡Esto es un asesinato! Por inducción. Por omisión de ayuda o por lo que sea. Y tú y los otros… ¡cómplices del delito!

—Venga ya, Carlota, no hay que exagerar, ¿eh? —me defiendo yo—. Vamos a ver, ese hombre estaba mal de la mollera. Era un tipo depresivo crónico. Además, todo transcurría en un ambiente festivo y de broma. A nadie se le pasó por la cabeza que el buen hombre pudiera tomarse la respuesta de Miguel en serio, que estuviera dispuesto realmente a hacer una cosa así.

Ahora me siento completamente agotado. Carlota no deja de menear la cabeza en señal de desaprobación y yo ya no sé si he hecho bien en contarle esta historia truculenta del pobre viudo.

Durante unos minutos los dos permanecemos en un silencio incómodo; luego extraigo la cinta roja de Lou Reed del radiocasete, rebusco en la guantera y, para disipar las malas vibraciones, elijo una de las cintas de Pablo Guerrero. Carlota me mira aún con ojos de ira, yo me pongo cómodo en el asiento reclinado, y poco después oímos dolerse a un Pablo Guerrero evocador y trascendente, una voz fraterna que también bucea en la noche, invocando al amor para huir del tiempo, invocando al amor para huir de la muerte.

***

Un brinco de atolondrado saltamontes le basta a Miguel para encaramarse al incómodo bordillo del tapial. Tambaleante, su brazo derecho extendido de modo histriónico durante unos segundos y el índice acusador apuntando hacia las oscuras filas de nichos encajados en el muro opuesto, Miguel mira hacia dentro de ese cercano mar de sombras, y siente una extraña sed de nuevas horas, de tiempo por vivir, de vida nueva.

Miguel delira.

«Pasadme el güisqui, ¿no? —Lanzando el grito al interior en calma, donde no cabe respuesta—. ¡Eh, muertos! ¿Qué puñetas hacéis aquí? Estáis todos muertos, ¿eh? ¿Queréis un trago? ¿No? Pues mejor: ya no queda, ¡joder! Nosotros estamos vivos, ¡coño!, vivos... Si algo nos sobra es tiempo y solo tiempo:

somos jóvenes, ¡carajo!, y queremos aprender de los muertos, ¿por qué no? Queremos aprender de vosotros. Así que venga, ¡joder! ¿Me oís…? ¿Podéis oírme?».

Mareado en su altura, Miguel delira, sueña y delira, volteado sin tregua por un oscuro vértigo de náusea y rencor. La mirada fija siempre en la otra orilla, cercana, tenebrosa… Sueña Miguel y delira, subido al promontorio de su pequeña vida. Ese estar ahí, aunque sin ser. Náufragos en un mar de silencio. Ahogados para siempre en la noche sin retorno. Sol negro, en sal negra. Desterrados del mundo, de la vida: alineados, latentes, tuberías latentes de vida extinta, inmóviles y aéreos y subterráneos; momias sedientas desprovistas de boca ya, sin voz audible, ávidas sin embargo de agua milagrosa, agua misericordiosa, agua redentora, bendita agua, tan cruelmente próxima, justo ahí al lado, en el depósito extraterrestre, agua inaugural venida de otro mundo para crear vida y gozo, tan inasible ahora. Innecesaria.

«¡Por lo que más quieras, madre! ¿Qué haces ahí tumbada en medio de extraños? ¿Qué haces ahí junto a desconocidos? Lo primero que se pierde al llegar a un sitio como este es el pudor, ¡maldita sea! Es la intimidad. Ni siquiera hay derecho a un espacio propio, coño. Todo el mundo en el mismo agujero, mezclados de mala manera… ¡Qué pasa con la puta dignidad, joder! Quietos y mudos en vuestro cajoncito. Prácticamente anónimos. Cuatro putos datos de mierda, garabateados en una lápida para disfrute de los curiosos.

La gente, de visita, de chismorreo, entretenida… Cumpliendo con el puto protocolo. El día de difuntos. Un funeral de cualquiera. ¡Qué más da! Paseando y charlando a vuestro lado, con una tristeza más falsa que Judas en su puto rostro. Muchas veces, con una sonrisa reprimida entre los dientes. A veces incluso peor: la broma tonta del vivo, la carcajada del mono, asustado y mortal. ¡Me cago en la leche! No, madre, yo no, madre. Óyeme bien. Te diré algo: yo nunca me voy a morir, ¿me oyes? Me matarán. Algo o alguien me matará, seguro. Pero yo no me voy a morir. No lo permitiré. Yo no. Yo soy fuerte, ¡joder! Todos vosotros tenéis lo que os merecéis. Sois… sois unos malos perdedores, ¿me oyes? Unos pobres perdedores sin remedio. Eso es lo que sois… —Alumbrando un pitillo y succionando con vigor. Tras un breve silencio—. Tú lo sabes, madre. Tú lo sabes bien —gritando—. ¡Madre!: Yo no quería. Yo no quería y tú te viniste de golpe a este lugar deprimente. Sin luchar, sin avisar, sin nada de nada. De la noche a la mañana. Nadie se muere así, ¡joder! Nadie se muere de golpe un puto día de Nochevieja, maldita sea. Pero entonces, sí, sí, joder, en aquellas fechas incluso pude consolarme. Un poco, sí… ¿Lo entiendes? ¿Puedes entenderlo? Claro que sí. ¿Y por qué no? ¿Eh? No había transcurrido mucho tiempo. Todavía estaba fresco, todavía estaba cerca lo de aquella jodida tarde. ¿Te acuerdas, madre? ¿Puedes recordar lo que pasó? ¿Puedes perdonar ahora aquella travesura de niño? ¿Dónde queda ahora todo aquello?

Respóndeme si no te importa, madre. ¿Dónde quedan ahora todas aquellas reglas tuyas y todas tus manías? Dime, ¿dónde están? ¿Qué ha pasado con tu jodida obsesión por las plantas y por las flores? ¿Hay flores donde estás, madre? ¿Puedes verlas, puedes tocarlas, puedes ahora oler su aroma? ¡No, no puedes! ¿Verdad que no, madre? ¡A la mierda con todo: los tiestos y las macetas! ¡Al carajo las rosas y los geranios! ¿Por qué, madre? Contesta. ¿Por qué lo hiciste, madre? ¿Por qué? ¿Por qué?… ¡Joder, qué frío hacía allí! No te puedes hacer idea. Y aquel puto olor… amarillo, asqueroso, de la cuadra. La paja… la puta paja putrefacta y la puta mierda del cerdo. Aquella jodida cuerda segándome las muñecas. ¡Y sin ropa, madre! ¿Estabas loca? Pero ¿qué coño es lo que pensabas? Van a ser solo cinco minutos, me decías. ¡Cinco minutos! ¡Cinco jodidos minutos! ¿Tienes idea de cuánto tiempo es eso? ¡Pasar por cinco eternos minutos en esas condiciones! ¡No lo entiendo, madre! ¡Que les follen a los geranios! ¡Que les follen a los tiestos, y a los jodidos arriates, y a los muertos! Y tú, también, ¡hostia! Era solo un niño, ¡joder!, ¡joder! Ya nada es igual ni nunca lo será, madre. ¡Cómo te echaba de menos! ¡Dios! Una palabra tuya. Una jodida palabra tuya… ¡Al infierno! *Fakiu!* Y ahora ya está todo jodido para los restos. ¿Verdad? ¿Verdad que sí? ¿No me oyes? ¡Contesta, joder! Vete a la mierda, ¿sabes? ¡Por qué no os vais todos a la mierda! ¿Me oís? Sois unos perdedores, sois todos unos jodidos perdedores para siempre. Para toda la vida y para toda la muerte.

Esa puta muerte que os ha devorado de pies a cabeza, que os ha… —Pausa—. No valéis ni un solo mal recuerdo de nadie. ¿Me oís? ¡Madre! ¡Madre! —Desconsolado—. ¡Joder!».

Miguel resbala del bordillo de la tapia y cae hacia atrás, por la parte de fuera, se hace daño en la palma de la mano, un rasguño, sangra, pero enseguida se recobra, emerge: una lágrima rueda por su mejilla, porque ya no puede ver desde arriba los nichos, ya no puede ver la cara de los muertos, la cara oculta de su madre. Gatea de nuevo como un lagarto gordo, descansa sentado un momento en el tapial y se escurre luego, muro abajo, en el interior del recinto del camposanto, muy cerca del lado donde reposan los restos de su progenitora. Avanza unos pasos, arroja la colilla mordida contra uno de los nichos (la colilla cae justo sobre el nicho situado debajo del de su madre), y escupe con fuerza contra el mugriento suelo de tierra cruda; hay por doquier menuda basura de cementerio (que él apenas si puede distinguir): restos de cerillas y goterones de cera derretida, manchas de cemento reseco, pétalos de rosa de tela descolorida, un jirón arrugado de seda azul… Miguel se da la vuelta y, tambaleándose, se interna por entre dos hileras de antiguos enterramientos. Son tumbas ignotas, olvidadas del mundo; no hay ninguna referencia a nombres, fechas, parentescos, o cualquier otra circunstancia personal. No rezan epitafios: no hay citas ingeniosas, leyendas memorables, o una sencilla frase para la memoria. Aquí y allá, olvidadas cruces negruzcas, ladeadas y herrumbrosas; a veces, menos aún, reducida la única pista fiable a un abultamiento irregular en la superficie de la tierra. A la derecha, un escuálido y altísimo ciprés marca el límite del pequeño grupúsculo de fosas anónimas (minúsculo cementerio dentro del cementerio, íntimo vacío lleno de olvido, la mera nada ahogada en la nada) y Miguel se detiene un instante, se gira, siente deseos de tocar con las yemas de los dedos el tronco plateado del árbol. Es suave y al tacto da la sensación de frescura. «Qué extraño destino el de este ciprés», piensa Miguel. En un lugar como este, solo y vivo, bajo esta luna grande como un pozo que se mantiene fuera del alcance de sus ramas; tan envidiable en su afán natural por estirar las raíces sedientas hacia abajo, hacia los lados, a través de esta tierra de cuerpos secos, de escombros humanos, desprovistos de savia, sin vida; raíces con recursos, imaginativas, alimentándose a base de recuerdos y de lágrimas; succionando el pasado tibio de las vísceras, hurgando en la húmeda descomposición de los quejidos, elevándolos por los aires hasta las ramas más ambiciosas, hasta el extremo último de las hojas, hasta esa luna grande e inalcanzable como un pozo hondo que mira desde el cielo. «Mierda, mierda, mierda…».

Abrazado entre lágrimas al cuerpo del ciprés, Miguel evoca el aire triste comprimido en unos versos de Luis Álvarez Lencero. Ahí dentro de su cabeza vibran y vuelan las afinadas palabras del poema y su corazón confuso se estremece con la música dulce del recuerdo:

Delgado y muy solemne
señalas con el dedo
desde la tierra fría
la puerta azul del cielo.
Hermano de las lágrimas.
Verde llama del sueño.
Sin moverte caminas
por los hondos silencios…

Como de un añorado y viejo amigo (hermano de las lágrimas y verde llama del sueño), Miguel se separa del tronco del árbol, deambula como un zombi por la sección más pétrea y duradera del cementerio, la sección de los panteones familiares, y se aproxima dando tumbos al punto del muro exterior en cuyas inmediaciones calcula que ha de hallarse estacionado el automóvil que los ha llevado hasta allí. De repente algo ha cambiado en su interior y en ese momento se reconoce vencido por el desaliento y por la noche; Miguel apoya la cabeza sobre la superficie rugosa y encalada de la pared. Hasta él llega ahora una melodía envolvente y triste que proviene del coche. De reojo, torciendo el cuello en dirección al cielo oscuro del firmamento, puede contemplar la redondez cristalina y lechosa de la luna, allá en lo alto, como un pecho blanquísimo y mullido. El sonido apagado de la portezuela al abrirse le despierta de su dulce y fugaz ensueño. La voz gruesa y doliente de Pablo Guerrero entona un estribillo desgarrado y vibrante.

Mientras se baja nerviosamente las braguitas rojas, Carlota dirige una mirada de súplica al interior del automóvil y susurra en un hilo de voz:

—Dionisio, porfa, baja el volumen de la música un momento, que me ha parecido oír algo. —Y añade al cabo de unos segundos—: No, yo no me separo del coche ni un milímetro…

Carlota se pone en cuclillas, la cabeza vuelta hacia el hueco abierto de la portezuela, los ojos entornados, brillantes, y el silencio mortuorio de las sombras rasgado secretamente por el leve chorro apresurado, aliviador, chocando contra el polvo blancuzco del camino.

Dentro del automóvil Dionisio no deja de sonreír con una sonrisa lujuriosa, ajustando la pantalla del espejo retrovisor y lanzando miradas de complicidad a Carlota, que mantiene todo el tiempo una mano aferrada al tapizado desgastado del asiento.

A escasos metros de distancia, del otro lado de la tapia, diríase, del mundo, Miguel cierra los ojos y abre la boca, el rostro doliente dirigido al cielo para absorber el siseo líquido que se eleva por el aire, que penetra en la tierra, en la noche, en el sediento cementerio.

Golpeado por una ola de deseo, Miguel aguza el oído, apoya un pie en un saliente de la basta pared y de un salto asoma la cabeza por encima del muro. Se asoma un instante, justo el tiempo de ver a Carlota ajustarse apresuradamente las medias, el rojo oscuro del vestido a juego, la carne blanquísima de sus nalgas, su compacta figura esquiva introduciéndose de golpe en el interior opaco del auto.

Extendiendo los brazos en medio de la nube musical que se expande de nuevo por el interior del coche, y moviendo con lascivia los dedos, Dionisio dice:

—Ven a mis brazos, gatita. Ven a refugiarte en mi pecho.

Carlota se entrega buscando cobijo y amparo; amparo y protección contra un miedo antiguo, infantil, humano; un miedo ancestral y eterno a la oscuridad, a la locura, a la muerte…

Por el cielo turbio de una luna en retirada, el canturreo solitario, sombrío de la abubilla anuncia ya resplandores y azules. Se extingue al fin y agoniza la larga noche canicular; una noche iniciática y materna, que, en su despedida, cobija en su último velo el corazón aterido de los tres jóvenes. Pronto refulgirá el inmenso campo de batalla de una nueva jornada. Lucha ciega y supervivencia… El fragor de fondo de insectos y alimañas. El desperezante pueblo: el fantasmagórico mundo de los vivos y los muertos.

***

EPÍLOGO
(VERANO DE 2010)

Eran ya pasadas las doce y media del mediodía cuando los últimos rezagados salimos a paso lento del cementerio y nos dirigimos cabizbajos hacia la explanada donde estaban aparcados los coches. Con cierta premura me despedí de Pablito y de Gavi y me dejé caer en el asiento. Disponía del tiempo justo para llegar a una reunión de trabajo de carácter urgente. Hice un par de llamadas de última hora y traté de concentrarme en la conducción. Qué buena idea había sido prescindir del conductor del coche oficial en esta ocasión. Necesitaba estar solo, conducir yo mismo y no tener que contemporizar ni abrir la boca por ningún motivo. A esa hora del día apenas si había tráfico por la autopista. Apagué el aire acondicionado y abrí una rendija de la ventanilla del conductor. El aire me daba ligeramente en el rostro, y resultaba agradable. Dejé de lado la agenda de trabajo y regresé a mí. Los recuerdos y las sensaciones experimentadas en las últimas horas bullían dentro de mi cabeza y, mientras regresaba del funeral de Miguel en aquel oscuro coche oficial, tuve la impresión de que estaba atravesando una línea invisible en el recorrido incierto de mi vida. Era algo extraño y difícil de expresar con palabras, y de pronto sentí la necesidad imperiosa de escuchar música, no cualquier clase de música, sino la música de aquella noche vivida junto a Miguel y Carlota durante la visita al cementerio. Rebusqué en el compartimento de los cedés y localicé uno con las grabaciones de antiguas melodías favoritas. Hacía mucho tiempo que no las oía, pero el efecto que produjo en mi ánimo resultó contrario a lo que cabía esperar. Apenas se arrancó Pablo Guerrero con su tierno y sugerente vozarrón, yo me sentí transportado de golpe del lejano pasado a la hora presente. En estos precisos momentos, pensé con aire desconsolado, Carlota debía de estar bajo el foco de una rueda de prensa o en algún acto protocolario. Mi amigo yacía en el interior estrecho de un nicho para siempre. Y yo conducía por la autopista desierta a punto de hacer una parada en una gasolinera, ir al servicio para aliviar la vejiga, y ponerme a limpiar a fondo el parabrisas de aquellos restos de mosquitos y polillas despanzurrados sobre el cristal que me recordaban a Miguel.

La nochecita eterna

Y ahora lleva enterrado muchos años.
Muchísimos.
A veces me pregunto
cómo estará allí
bajo tierra y entre cuatro tablas,
en su nochecita ya eterna,
sin lluvia,
sin tabaco,
sin naranjos,
sin hijos,
y qué habrá sido
del tejadito
de sus manos.

LUIS LANDERO, *ENTRE LÍNEAS: EL CUENTO O LA VIDA*

Textos de las canciones
y del poema citados

Ciprés

Monje del camposanto,
de rodillas y quieto,
en oración de pájaros
delante de los muertos.

Delgado y muy solemne
señalas con el dedo,
desde la tierra fría
la puerta azul del cielo.

Hermano de las lágrimas.
Verde llama del sueño.
Sin moverte caminas
por los hondos silencios.

Monje siempre rezando.
Árbol callado y bueno,
que te pasas la vida
pastoreando muertos.

LUIS ÁLVAREZ LENCERO

Para huir de la muerte

Para huir de la muerte
nos amaremos todos, enteros.
Para huir de la muerte
nos amaremos
sin horario y sin ley, sencillamente.
Para huir de la muerte,
diré que tus ojos son palomas de Picasso
y que bajo tu piel de leche ávida y firme
viven en hermandad veinte poemas de amor.
Para huir de la muerte
tú me darás las fresas mejores de tu huerto
yo te daré mi vino más peleón, más duro, más añejo.
Para huir de la muerte
pienso resucitar el conjuro dormido de tus pechos,
pienso ahondar tus raíces, bucear hasta el centro.
Para huir de la muerte,
diré que es estupendo sentirte tan cercana
y que ni en ti, ni en mí, ni en vosotros ni en ellos
hay sumergida una ciudad donde luchan
la muerte, y el amor, el amor y la muerte.

PABLO GUERRERO

Take a walk on the wild side

Holly came from Miami, FLA
Hitch-hiked her way across the USA.
Plucked her eyebrows on the way
Shaved her legs and then he was a she.
She says: Hey, babe,
Take a walk on the wild side.
She said: Hey, honey,
Take a walk on the wild side.

Candy came from out on the Island
In the backroom, she was everybody's darlin
But she never lost her head
Even when she was giving head.
She says: Hey, babe,
Take a walk on the wild side.
Said: Hey, babe,
Take a walk on the wild side
And the colored girls go doo do doo do doo...

Little Joe never once gave it away.
Everybody had to pay and pay,
A hussle here, and a hussle there
New York City's the place where they said: Hey, babe,
Take a walk on the wild side.
I said: Hey, Joe,
Take a walk on the wild side.

Sugar Plum Fairy came and hit the streets
Lookin' for soul food and a place to eat.
Went to the Apollo,
You should've seen 'em go go go.
They said: Hey, sugar,
Take a walk on the wild side.
I said: Hey, babe,
Take a walk on the wild side.
All right, huh.

Jackie is just speeding away,
Thought she was James Dean for a day.
Then I guess she had to crash,
Valium would have helped that bash.
Said: Hey, babe,
Take a walk on the wild side.
I said: Hey, honey,
Take a walk on the wild side.
And the colored girls say: Doo do doo do doo...

LOU REED

Agradecimientos

Mi agradecimiento a Ana Galván y Fran Amaya, por sus primeras lecturas y sus inspiradoras intuiciones.

También a María Fernanda Rey (ELM), por sus valiosas sugerencias desde el otro lado del charco. Por último, a Nuria Sierra, que tras leer el manuscrito no subrayó nada prescindible de sus páginas.

Índice

TÍTULOS DEL AUTOR

Ir al cielo (2022)
La escuela papel (2023) (Manifiesto educativo)
La noche eterna (2024)